講談社文庫

陽昇る国、伊勢

古事記異聞

高田崇史

講談社

時に天照大神《あまてらすおおみかみ》、
倭姫命《やまとひめのみこと》に誨《おし》へて曰《のたま》はく、
「是《こ》の神風の伊勢国は、
常世《とこよ》の浪《なみ》の重浪帰《しきなみよ》する国なり。
傍国《かたくに》の可怜《うま》し国なり。
是の国に居《お》らむと欲《おも》ふ」
とのたまふ。

『日本書紀』垂仁紀

◉古事記異聞シリーズ 主要登場人物

橘樹《たちばな》雅《みやび》

新学期から日枝山王大学大学院に進み、民俗学研究室に所属することに。研究テーマは「出雲」。

御《み》子《こ》神《がみ》伶《れい》二《じ》

日枝山王大学准教授。民俗学研究室を任されている。別名「冷酷の冷二」。雅の指導教官。

波《な》木《み》祥《き》子《しょうこ》

日枝山王大学民俗学
研究室助教。一日中
資料本に目を通している。
無口なクール・ビューティー。

金《かな》澤《ざわ》千《ち》鶴《づ》子《こ》

市井の民俗学研究者。
かつて水野研究室に
在籍していた。京都在住。

水《みず》野《の》史《ふみ》比《ひ》古《こ》

日枝山王大学教授。
民俗学研究室主宰。
民俗学界の異端児。

目次

陽昇る国、伊勢　古事記異聞

《二見興玉神社《ふたみおきたま》の誘《いざな》い》

大学のキャンパスを彩っていた桜も、あっという間に散り、爽やかな新緑の季節へ向かおうとしている四月半ば過ぎ。

土曜日の朝九時前というのに大勢の人々が行き交うJR名古屋駅のコンコースを、橘樹雅《たちばなみやび》は、足早に近鉄線乗り場へと向かっていた。雅は、東京麹町《こうじまち》・日枝山王《ひえさんのう》大学民俗学研究室大学院一年生。これからフィールドワークで、一泊二日の日程で伊勢《いせ》に向かうのだ。

ほんの一年前までは、民俗学や日本の歴史に、これほどのめり込むことになろうとは、自分自身、全く予想もしていなかった。

いや。

民俗学は大好きだったけれど、大学院まで進んで研究することになるとは、思ってもいなかった。当初は——もちろん誰にも内緒だが——就職活動に失敗したからという実に消極的な理由で選んだ進学だった。でも、進むことを決心した段階で、雅は迷うことなく民俗学研究室を選んだ。というのも、民俗学教授の水野史比古《みずのふみひこ》が、とても素敵だったからだ。

素敵、といっても外見ではない。水野は教授という肩書がなければ、どこにでもいそうな、ごく普通の「おじさん」だ。しかし講義となると違う。たとえばこんな、未だに雅の脳裏に焼きつけられている講義がある――。

水野はいつものようにチョークを一本だけ持って教室に現れると黒板にいきなり、

「青丹吉　寧楽乃京師者咲花乃　薫如今盛有」

と書きつけて雅たちに向き直り、歌の解説を始めた。

これは『万葉集』三二八の、有名な小野老朝臣《おののおゆのあそみ》の歌であり、

「青丹《あおに》よし　奈良の都は咲く花の
　匂ふがごとく　今盛りなり」

と読み解かれ、一般的には、青色や丹――朱色で彩られた奈良の都は、とても美し

く栄えていると解釈される。

しかし水野は、

「これはただ単に、青や丹で飾られて奈良の都はとても綺麗ですね、などというのどかな歌ではありません。『青』は鉄、『丹』は水銀。それらを手に入れた朝廷は、『咲く花』――これに関しても、木花之佐久夜毘売《このはなのさくやびめ》の時にお話ししたと記憶していますが、踏鞴《たたら》場で鉄を鍛える際に飛び散る、特大の線香花火のような火花のことです。直截《ちょくせつてき》的に言えば『鉄』です。つまり、それら全てを手に入れた奈良王朝は『今盛有《さかりなり》』だという、非常に政治的な歌なわけです」

と言った。

その言葉に雅は自分の耳を疑った。しかし周りを見れば、誰もがキョトンとして水野の話を聞いていたから、きっと水野独自の説なのだろう――。

そういった講義を毎回受けているうちに、いつしか雅は水野独自の説や、民俗学自体にも興味を持つようになっていた。

今まで読んだり聞き覚えたりしていた神話や歴史や伝承が、水野の講義でガラリとその姿を変えてゆく。それがとても面白くて（雅にしては珍しく）毎回の授業をとても楽しみにしていた。

そこで大学院は、ぜひとも水野の研究室にと願い出て、その許可ももらった。

なのに！

信じられないことに、雅が大学院に進んだその年、水野は「サバティカル・イヤー」で自分の研究のための——というより、自分の趣味のためだと思う——インドやネパールを独りでまわるという長期休暇を取ってしまい、その代わりに研究室を任されるようになったのは、御子神伶二《みこがみれいじ》准教授。

御子神は、雅たち周囲の評判は散々——いや、最低レベル。

接したことのない下級生たちからは、ちょっとイケメンでクールな准教授と呼ばれているらしいが、直接会って口をきいたら最悪。実際、雅もそうだった。

挨拶に行った雅に対して御子神は、バラリと垂れた前髪の向こうから冷たく覗き見ると、いきなり言い放った。

「『雅』は、烏《カラス》を表している」

そして、烏は八咫烏《やたがらす》のように、

「善悪どちらにも転ぶという二面性を持っている。それを常に意識しながら、しっかり研究に励《はげ》むように」

などと追い打ちをかけてきたのだ。

これから自分の研究室に入ろうとしている学生に向かって、そんなことを言う准教授がいるか？　人を不愉快にさせるためだけに喋《しゃべ》っているんじゃないか、と思ってしまう。

その上、それまで雅たちの会話には無反応で資料を読んでいた助教の波木《なみき》祥子《しょうこ》も、御子神のその言葉を聞いて、視線を上げることすらせず「ふっ」と笑ったのだ。

劣悪すぎる環境ではないか！

ただ……雅自身も、確固とした信念を持って入室したわけではないのも事実だったので、何も言い返せず（それが余計に悔しかったけれど）その日はそのまま家に帰った。

しかし、研究テーマに決めた「出雲《いずも》」に関して先月、出雲・奥出雲・元出雲、そして大和《やまと》出雲《いずも》とまわって、雅は真剣に「出雲」にのめり込み始めている。

特に、その途中で研究室ＯＧの金澤《かなざわ》千鶴子《ちづこ》に巡り会ったことも大きかった。年齢は雅と二十歳近くも違うというのに、元気潑剌《はつらつ》で若々しい女性だった。むしろ雅のほうが、どよよんと生きている感じ。

そんな千鶴子とは、フィールドワークにつき合ってもらううちにすっかり意気投合して、一緒に京都と奈良をまわりながら、さまざまな話を聞き、そして話し合った。

その結果、雅たちは新たな発見をしたので、いつかそれを論文としてまとめて発表するようにと千鶴子に勧められている。

と言われても、今はとても論文にできるような段階ではないし、残念だけれどまだそんな実力もない……。

でも！　雅は「乙女座・B型」。真面目で誠実で几帳面《きちょうめん》で謙虚。しかも、自由奔放でユニークな発想を持ち、何といっても「楽天主義者」。

頑張らなくては。

自らを鼓舞しながら、近鉄名古屋駅の改札口前に到着したのだが……やっぱり少し気が重くなる。

というのも。

これから伊勢を一緒にまわる相手が、その御子神なのだ。

どうしてこんな展開になったのかというと——。

先週の月曜日。

大学院一年生向けのオリエンテーション――説明会が、大学の教室で開かれた。雅は、もちろん出席する。しかし、想像していた堅苦しい会とは違って、あっさり午前中で終了したので、報告がてら研究室に顔を出すことにした。

C棟三階まで足取り軽く階段を上り「失礼します」と軽くノックして部屋に入ると――大久保《おおくぼ》たち他の研究室生は全員出払っていて、御子神一人しかいなかった。

最悪のタイミング……。

雅は顔を引きつらせながら、

「こ、こんにちは」

恐る恐る挨拶したが、御子神は、目の前の分厚い資料本から視線も外さない。

雅は軽く咳払いすると、オリエンテーションに参加してきたことを報告する。

「そうか」御子神は顔も上げずに応えた。「ごくろうさま」

「そ、それで、他の方たちは？」

「調べ物で図書館だろう」

「波木さんも？」

「花粉症が酷いので、病院に行った」

波木は病院の診察室でドクターを前にしても、いつもの無表情な顔で説明を受けているのかと想像すると少し可笑しかった。きっとドクターも、対応に困っていることだろう。

「そういえば」御子神が突然顔を上げると、雅を見た。「先日のきみの話は、とても興味深かった」

「えっ」

「大和出雲に関しての説だ。もう忘れたのか」

「いっ、いえ」雅はあわてて首を横に振る。「あ、ありがとうございます」

ペコリとお辞儀する雅に、御子神は言った。

「ぼくの知る限りでは、今まであんなことを言ったり書いたりしている人間はいない。きちんとレポートにまとめておくように」

「はい！」

笑顔で答える雅に、御子神は続ける。

「現在のきみの力では、きちんとした論文に仕上げることは難しいだろうから、将来のために取っておきなさい」

そう言うと、再び視線を資料本に戻した。

千鶴子によれば、御子神は雅のことをとても買っていて「あれほど他人を誉めた、、、のを」今まで知らないとのことだった。

こんなに癪《しゃく》に障《さわ》ることを言うのだから、あれは千鶴子の勘違いだったらしい。

雅は、これ以上余計なことを言われる前に帰ろうとして、何気なく御子神の机の横に置かれた書類に目をやると「伊勢」「学会」という文字が見えた。

「学会が伊勢で……？」

思わず口にしてしまった雅に、

「ああ」と御子神は顔も上げずに答える。「新年度早々だが、地方学会が開かれる。面白そうな発表もあるようだが、波木くんの体調が余り良くなさそうだから、ぼく一人で行くつもりだ」

「先生も発表を？」

「いや。今回は、参加するだけだ。来週の土日で、鳥羽《とば》のホテルだ」

「三重県。伊勢・志摩《しま》！」

「他にどこか？」

「い、いえ」

伊勢……。

雅の心は大きく揺らぐ。

前回足を運んだ「大和出雲」で、千鶴子と話し合ったばかり。次は伊勢だ、と。

というのも、能に『三輪《みわ》』という曲があり、その最後にこんな謡《うたい》が入るのだ。

「おもへば伊勢と三輪の神。一体分身《いったいふんじん》の御事《おんこと》今更何と磐座《いわくら》や」

伊勢の神と三輪の神は同体。そんなことは今更言うまでもない――と。

その話を聞いて興味が湧き、たまたま上演された『三輪』を観に行った。それまでは能というと、半分くらい寝てしまうのが常《つね》だったが、その時は、しっかり観能できた。しかも、演目のラスト直前で、

「おもへば伊勢と三輪の神――」

という文言を、地謡《じうたい》が声を揃えて発した場面では、わけも分からず感動して、体が震えてしまった……。

更に前回足を運んだ奈良――大和出雲で遭遇した鏑木団蔵《かぶらきだんぞう》という地元の老翁《ろうおう》から、

〝伊勢を知らぬと、出雲の半分しか分からん。伊勢は出雲であり、出雲は伊勢。金胎《こんたい》不二《ふに》――曼荼羅《まんだら》の金剛界《こんごうかい》と胎蔵界《たいぞうかい》のように――二つでありながら一つという間柄〟

だとまで言われた。

その上、伊勢神宮で祀《まつ》られている神を調べる際に、通常とても役立つ「男千木《おちぎ》・女千木《めちぎ》」という法則が当てはまらないことも知った。

この、千木は「氷木《ひぎ》」「鎮木」ともいって、神社社殿の屋上の屋根の端に付いている、合掌形をした破風《はふ》の先端が延びて交差した二本の木。

鰹木《かつおぎ》は、屋根上の棟に直角に横たえて並べた木で、円柱状のため鰹節に似ているところから名づけられている。

昔は屋根を補強する意味で実用的だったらしいけれど、現在ではほとんど神社の装飾となっている。もともと千木も鰹木も飾っていなかった神社もあった（今もある）が、江戸時代から明治時代にかけて、ほぼ全ての神社に飾られるようになった。

その千木の先端が、地面に対して垂直に落とされているものを「外削ぎ」、水平に落とされているものを「内削ぎ」といい「男神」を祀る社殿では「外削ぎ」の「男千木」で、奇数本の鰹木。「女神」を祀る社殿では「内削ぎ」の「女千木」で、偶数本の鰹木が基本とされる。

しかし伊勢神宮に関しては——天照大神《あまてらすおおみかみ》をお祀りしている内宮《ないくう》の千木が女千木・鰹木偶数本は良いとしても——やはり女神である豊受大神《とようけのおおかみ》をお祀りしている外宮《げくう》は、男千木・鰹木奇数本という、男神を祀る造りになっているのだという。これは、通常の理論ではあり得ない話だ。

ただ、これを単なる「俗説」として退ける人々や、神社関係者も多い。しかし、水野は、

「主祭神が全く分からなくなってしまった神社や、本来の主祭神を隠しておきたい神社も実際にありますし、有耶無耶《うやむや》のままにしておきたいと思っている神職もいらっしゃる。ただ男千木・女千木問題に関しては、神社本庁に尋ねても、きちんとした回答はいただけませんでした」

と言って笑った。

「また、雨による浸食から守るために『外削ぎ』にしているという説もあるようですが、それならば新しく建て直された社殿の千木は、全て外削ぎになっているでしょう。伊勢の内宮などは率先してそうするべきでしょうが、そうはなっていない。それは何故でしょう。ぜひこの問題は、みなさんも自分の頭で考えてみてください」

ならば、ぜひとも自分の目で実際に見て確認して、しっかり考えたいと思う。

だからこそ千鶴子と二人、次回は伊勢に行こうと約束したのだ。

しかし。

千鶴子の仕事が急に忙しくなり、少し先延ばしにするか、それとも雅一人で出かけ

外宮（豊受大神宮）正殿

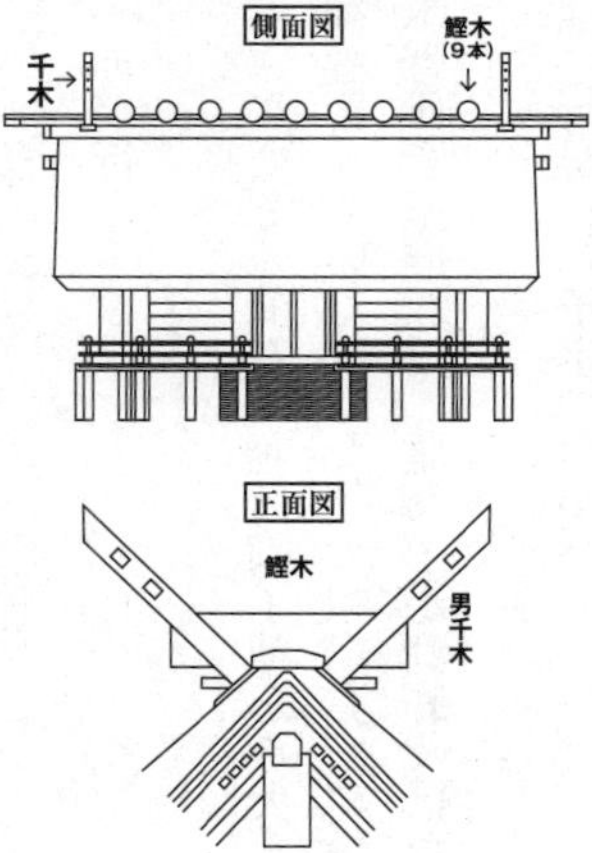

内宮（皇大神宮）正殿

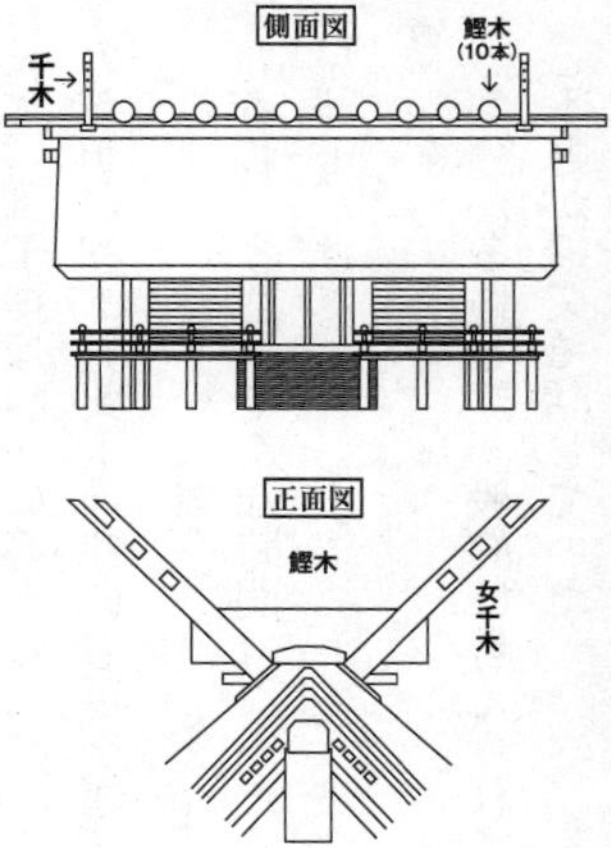

ようか、と悩んでいたところだった。

その「伊勢」に、御子神が行く……。

御子神は嫌い。

でも、前回も前々回もさらにその前も、雅は御子神から大きなアドバイスを受け、その結果として（御子神も言っていたような）大和出雲の結論に達している。

凄《すご》く悔しいけれど、水野研究室准教授。雅などが到底及ばない「何か」を持っていることは間違いない——。

「い、伊勢は、どこか他に行かれる予定ですか？」

覗き込むように尋ねる雅に、御子神は静かに答える。

「せっかく鳥羽まで行くのだから、二見興玉神社にも足を運ぼうと思っている」

「外宮・内宮も……」

「そちらは何度も行っているし、今回はそんな時間もないだろうから予定には入っていない。今のところ、二見興玉だけだ」

「猿田彦神ですね」

この神は誤解されている部分が多いし、一般的に考えられている以上に伊勢国に深く大きく関わっている、と水野が授業で話していた。

猿田彦神単独でもとても興味がある上に、ひょっとすると「外宮・内宮」の「男千木・女千木」の謎にも関わってきている可能性だって否定できない。

雅の胸が、急に早鐘《はやがね》を打ち始める。

〝どうしよう……〟

やっぱりそれは——。

パニックになりそうなほど頭の中で（二秒間ほど）考える。

でもここは、
現地で（水野の教え子である）御子神から直接話を聞けるのではないかという誘惑のほうが打ち勝った。

「あ、あの」清水《きよみず》の舞台から飛び降りる気になって、雅は訴える。「わ、私もご一緒してよろしいでしょうか！」

「学会に」御子神は、驚いたように視線を上げて雅を見た。「きみが？」

「いいえ！」

雅は大きく首を横に振った。

「実は近いうちに、伊勢に行くつもりだったんです」

そこで雅は、先日の奈良の鏑木団蔵の話や、それこそ千鶴子も同じようなことを言っていたと伝える。

そんな話が終わると、

「それは正しい」御子神が珍しく素直に首肯《しゅこう》した。「ぼくも、そう考えている。だから二見興玉神社も、あくまでも『出雲』研究の一環として立ち寄ろうと考えている」

「なので――厚かましいのは重々承知なんですけれど――できれば、ご一緒させていただければと。いえ、もちろんその後は、一人で勝手に伊勢をまわります」

言いながら、全身にじわりと冷や汗が出た。

こんなことを言い出してしまって、心臓が破裂しそう。でも、二見興玉神社で御子神の話を聞ける（かもしれない）機会を逃すのは、余りにもったいない。

酷いジレンマ、二律背反。

鼓動を抑えながら俯き立ちつくしている雅を冷ややかに眺めると、驚いたことに御子神は、

「分かった。良いだろう」

あっさり答えて視線を外し、再び手元の資料本を読み始めた。


その結果。

雅は、品川駅七時少し前発の「のぞみ」に乗り込み、資料を詰め込んだ重いリュックを背負いながら、名古屋までやってきたというわけだ。

御子神は、新幹線の中で学会の資料に目を通したいというので、各自勝手に席を取り、近鉄線の改札口で待ち合わせ、そこから二見興玉神社まで一緒に行動することになった。

雅がキョロキョロと辺りを見回していると、人混みの中にスラリとした御子神の姿が見えた。雅が大きく手を挙げて振ると、御子神はすぐに気づいた様子で、ゆっくり雅に近づいてきた。

「おはようございます！」

元気に挨拶する雅に向かって、

「そんなに大騒ぎしなくても認識できる」

御子神は言った。

いきなりテンションが下がるが、それぞれ特急券を購入し、八時五十分発の近鉄特急を待った。この列車に乗れば、伊勢市駅まで約一時間二十分。そこからＪＲ快速に乗り換えて、十分ほどで二見浦《ふたみのうら》駅に到着する。大学での一コマ分のレクチャーと思えば、何でもない。

定刻通りに入線してきた特急に乗り込むと、空いていたのを良いことに、座席を回してボックスシートにして御子神は窓側に、雅は通路側に腰を下ろして、斜めに向かい合うことにした。

御子神の隣に並んで座るのを密かに恐れていた雅は、嬉々としてセッティングする。これくらい空いていれば、車掌も大目に見てくれるだろう。

列車がホームを離れると、御子神が口を開いた。

「二見に到着するまでに、きみが伊勢や神宮に関して知っていることを聞いておこうか。基本的・常識的なことが脱け落ちていることが、往々にしてあるからな。特にきみの場合は」

またしても余計な一言をつけ加えたが、雅は素直に「はい」と頷いて資料を開くと、ゆっくり読み上げた。

伊勢神宮——。

正式名称は「神宮」。

神宮林なども含めると約五千五百万平方メートルの広さを誇る「内宮《ないくう》」と、そこから六キロほど離れた場所にある、約九十万平方メートルの神域を持つ「外宮《げくう》」がメインとなり、内宮・外宮を合わせた総面積は、東京・世田谷区の面積とほぼ等しくなるというから、物凄い広さだ。これほど広い「宮」が別々に独立して存在し、しかも統括されて一つの「神宮」となっている場所はここだけだ。

その他、本宮と別立てとして存在する別宮《べつぐう》・十四社。

本宮に縁故《えんこ》の深い神を祀《まつ》っている摂社・四十三社。

本宮に付属する「枝宮《えだみや》」である末社・二十四社。

さらに、本宮が管轄している所管社・三十四社。

同様に、別宮が管轄している別宮所管社・八社。

合わせて、百二十五社もの宮社を持っている。

内宮の正式名称は「皇大《こうたい》神宮」。

主祭神は、もちろん天照大神――「天照坐皇大御神《あまてらしますすめおおみかみ》」。別名「大日孁貴《おおひるめのむち》」。

伊弉諾尊《いざなぎのみこと》と伊弉冉《いざなみ》尊の間にお生まれになった女神で、天孫降臨《てんそんこうりん》を果たした瓊瓊杵《ににぎ》尊の祖母神。つまり、皇室の祖神とされている。

外宮の正式名称は「豊受《とようけ》大神宮」。

主祭神は、天照大神の御饌《みけ》――食事を調えるために、丹波《たんぱ》国から迎えられた「豊受大御神」。

こちらの神は、元々は丹後国《たんごのくに》、天橋立《あまのはしだて》近くに鎮座する籠神社《このじんじゃ》の奥社、真名井《まない》にいらっしゃった神だったが、五世紀後半・雄略《ゆうりゃく》天皇の御代《みよ》に、

『一人では安心して食事も摂《と》れないので、豊受大神《とようけのおおかみ》を招くように』

という天照大神のお言葉によって丹波より遷《うつ》され、豊受大神は天照大神の食物を司《つかさど》る神――『御饌都神《みけつかみ》』となった。

これら内宮・外宮を始めとする百二十五社は、古来、皇室や一般の人々から篤《あつ》い崇敬を受けており、平安時代の歌人・西行《さいぎょう》法師が参拝した際に詠んだ、

なにごとの　おはしますかは知らねども
　かたじけなさに涙こぼるる

の歌は、とても有名だ。

かたじけない――もったいなくも畏《おそ》れ多く身にしみて有り難いので、知らぬうちに涙がこぼれてくることだと、西行は文句なく圧倒されている。

そんな力を、この伊勢神宮は備えている。

では、どうしてそんな神々が伊勢の地に祀られることになったのかといえば――。

当初、天照大神は、天孫降臨の際に下ろした『神勅』に基づき、神武《じんむ》天皇以来、宮中にいらっしゃった。

しかし、第十代崇神《すじん》天皇の御代に、その神威を畏れた天皇によって、豊鍬入姫命《とよすきいりひめのみこと》を、大神を祀る斎王《いつきのひめみこ》——一種の「巫女」として付き添わせ、倭《やまと》の笠縫邑《かさぬいのむら》に遷された。次代の垂仁《すいにん》天皇の御代には、斎王を倭姫命《やまとひめ》が受け継ぎ「御《み》杖代《つえしろ》」——神の杖代わりとなり奉仕する者——として、トータルで六十年から九十年にわたって二十四ヵ所も遷るという、気が遠くなるほど長い巡幸《じゅんこう》に出ることになる。

この「倭姫」というのは固有名詞ではなく、一般的に「倭（大和）の女性」という普通名詞と考えられるから、これほど長い巡幸に、ずっと同じ女性が付き添っていたとは限らない。何代かで交代していたと考えるほうが自然だろう。

その後ようやく、大神は垂仁天皇二十六年に、現在の内宮のある五十鈴《いすず》川上流に鎮まった。そしてついに天照大神は、

「是《こ》の神風の伊勢国は、常世《とこよ》の浪《なみ》の重浪《しきなみ》帰する国なり。傍国《かたくに》の可怜《うま》し国なり。是の国に居《お》らむと欲《おも》ふ」

——この伊勢国はしきりに波の打ち寄せる場所であり、この地方の中心とはいえないが、とても美しい国である。私はこの国に居たいと思う。

と言って伊勢国に祠《ほこら》を、さらに斎王が籠もるための宮——磯宮を、五十鈴川の畔《ほとり》に建てた。

天照大神流浪《るろう》のきっかけとなった、崇神天皇が「その神威を畏れた」とは一体どういうことかというと『日本書紀』崇神天皇紀にこう書かれている。

「五年に、国内《くにのうち》に疾疫《えのやまい》多くして、民《おおみたから》死亡《まか》れる者《もの》有りて、且大半《なかばにす》ぎなむとす」

——崇神天皇五年には、国内に疾病が多く、民の死亡するもの、半ば以上に及ぶほどであった。

その結果、

「六年に、百姓《おおみたから》流離《さすら》へぬ。或いは背叛《そむ》くもの有り。其の勢《いきおい》、徳《うつくしび》を以て治めむこと難《かた》し。是《ここ》を以て、晨《つと》に興《お》き夕《ゆうべ》までに惕《おそ》りて、神祇《あまつかみくにつかみ》に請罪《のみまつ》る。是より先に、天照大神・倭大国魂《やまとのおおくにたま》、二《ふたはしら》の神を、天皇《すめらみこと》の大殿《みあらか》の内《うち》に並祭《いわいまつ》る」

——翌年には、百姓の流離するもの、あるいは反逆するものもあり、とても治めきれなくなってしまったので、朝夕、天神地祇に祈った。そして、天照大神と倭大国魂の二柱の神を並べ、天皇の大殿《おおどの》の内に祀った。

ところが、

「然《しこう》して其の神の勢いを畏りて、共に住みたまふに安からず」

――これらの神の勢いを畏れたため、宮廷では共に住んでいられなくなった。

そのため天皇は、天照大神を豊鍬入姫命《とよすきいりひめのみこと》に託して、倭の笠縫邑《かさぬい》に祀った。また、日本大国魂神《やまとのおおくにたまのかみ》――こちらの神は「大国主命《おおくにぬし》」であるとも、違う神であるともいわれている――を、渟名城入姫命《ぬなきいりひめのみこと》に託した。しかし、その余りの神威のために、渟名城入姫命の髪は抜け落ちて体もやせ細り、祀る――お世話をすることすらできなかった、と続く。

そして、一方の天照大神もすぐには定住できずに、各地を流離《さすら》うことになる――。


「でも……」と雅は首を傾げる。「ちょっと変ですよね」

腕を組んだまま口を閉ざし、話を聞いているのかいないのか、窓の外の景色をずっと眺めていた御子神は、視線を車窓の景色から移すことなく尋ねてきた。

「どこが？」

雅は答える。

「疫病が蔓延したり人々が離れたりした後に、神武天皇以来祀られてきた神々を急に恐がってしまい、彼らを宮廷から追い出すなんておかしな話です。おかげで天照大神は、その後何十年も『巡幸』という名の『流浪』をする羽目になってしまった」

「単純な話だ」

御子神は、窓の外に目をやったまま答えた。

「順番が逆だと考えれば意味が通る」

「逆って……何の順番がですか？」

「『記紀《きき》』では、頻繁にこういった手法が用いられる。この場面でも同じだ。出来事の時間を入れ替えたんだ」

「時間を……」

「疫病の蔓延云々は実際にあった出来事だろうが、一方で、土地を離れて行方をくらましてしまった農民たちも『死亡』したものとカウントされた。では、なぜ人々が逃亡したり、朝廷に叛《そむ》いたりしたのかといえば、祟神が天照大神と大国魂神を宮廷から追放したためだ」

「えっ」

「淳名城入姫命は、そのストレスのために痩せ細ってしまったし、宮廷から追放されたからこそ、天照大神は豊鍬入姫命と共に長い旅に出ざるを得なくなってしまった」

「ああ……」

そういうことか。

朝廷の天照大神たちに対する仕打ちに憤《いきどお》って、民衆は一斉に崇神の支配する土地を離れ、残った者たちは謀反《むほん》を企てた。

確かにそう考えれば、先ほどの疑問も解ける。

順番が逆だった――。

素直に納得する雅を、

「ところできみは先ほどから何度も、天照大神が長い間流浪したと言っているが――。では、伊勢神宮の創建年代は？」

「ええと……壬申《じんしん》の乱の際の記述を見ると、天武《てんむ》天皇の頃には、すでにあったはずですから――」

「六七二年の壬申の乱に際して」

御子神は、自分が尋ねたくせに、雅の回答を途中で遮って話す。

「天武は、伊勢神宮の天照大神を『望拝《たよせにおが》』んで勝利したとされている。しかし、拝んだのはあくまでも伊勢に坐《いま》す『磯宮』の神だった」

「えっ」

「天武は、即位後に大来皇女《おおくのひめみこ》を斎王として伊勢に送り、神宮の職制を整備した。その後、皇位を継いだ持統《じとう》は、その意向を受けて即位四年（六九〇）大神宮御遷宮、同六年（六九二）豊受大神宮御遷宮を実施し、同時に二十年に一度の『式年遷宮《しきねんせんぐう》』を定めたんだが、まだこの時は小さな宮か、あるいは祭場がある程度だったと思われる」

「そんな……。持統天皇は『遷宮』の制度を定めたというんですから、もちろんそれなりの――」

「第十一代・垂仁天皇二十五年三月の条には、ただ単に、

『祠《やしろ》』『渡遇宮《わたらいのみや》』

と書かれている。さらに神功《じんぐう》皇后摂政前紀では、

『五十鈴《いすず》宮』

第二十六代・継体《けいたい》天皇元年三月の条では、

『伊勢大神《いせのおおかみ》の祠《まつり》』

第三十代・敏達《びだつ》天皇七年三月の条には、

『伊勢の祠《まつり》』

と書かれている。つまり、伊勢『神宮』と呼ばれるようになったのは、六世紀後半の第三十一代・用明《ようめい》天皇即位以降であり、それが実際に大きな社となったのは、天武を経て、第四十一代天皇の持統の時代だろう。といっても、持統は伊勢に初めて行幸した天皇だが『参拝』はしていない。歴史学者の筑紫申真《つくしのぶざね》も言っているように、これ

は『伊勢・志摩観光旅行』であり『伊勢参宮をした形跡がない』。当然だな。当時はまだ、社殿すらあるかないかの状態だったろうから」

「神宮が建てられたのは、そんなに新しい——いえ、決して新しくはないですけど、少なくとも私が想像していたよりは、ずっと新しかったんですね」

「『続日本紀』文武《もんむ》天皇二年（六九八）十二月二十九日の条に『多気《たけ》大神宮を度会《わたらい》郡に遷した』という記事がある。ここでようやく『大神宮』という言葉が登場する——この『多気大神宮』は、現在の瀧原宮《たきはらのみや》だといわれている。この宮は古くから『大御神の遙宮《とおのみや》』として人々から崇敬されている宮だ。ということは、現在の皇大神宮はこの年の創建になる」

「文武天皇の時代ですか……」

「今言ったように」と御子神は念を押す。「いわゆる『祭場』が造られたのは持統天皇の御代であり、それが現在のような立派な『神宮』となったのは文武天皇の御代、七世紀も終わりごろというわけだ。しかもこれらの事実は、現代まで作為的に秘されてきた。つまり、神宮創建を遥か昔の時代に設定しておきたい人々にとっては、公にされたくなかった事実だったというわけだ」

持統天皇の御代、すでに現代のように立派な「神宮」が存在していたとすれば、何も隠す必要などない。公にしてしまえば良いことだ。それをあえて隠していたとするならばそれは——真実ではなかったということになる。

「きみは」御子神は尋ねる。「歴代天皇が、伊勢神宮を参拝されていなかったことは知っているな」

「はい」

雅は頷いた。

初めて聞いたときには驚いたが、初めて伊勢神宮に参拝された天皇は、何と明治《めいじ》天皇で、明治二年（一八六九）のことだという。

つまり神宮創建以来、一千年以上にわたる長い間、神宮に参拝された天皇は、誰一人としていらっしゃらなかったことになる。

雅は、水野の講義を思い出す——。

明治以前の歴代天皇は、伊勢神宮参拝を行っていないという話になった時、前列に座っていた男子学生が手を挙げて「持統天皇は参拝されているのではないですか？」と質問した。

すると水野は、

「行幸されたのみで、参拝はされなかったようです」と微笑みながら続けた。「では ここで、逆に考えてみましょう。きみの言うようにもしもそのとき、持統天皇が参拝されていたと仮定すると、長い歴史の中で、なぜ持統天皇だけが参拝されたのでしょうか？」

「それは……」

言葉に詰まってしまった学生から目を外すと、水野は全員を眺めて問いかける。

「今、彼からとても良い質問が出ました。この点に関して、みなさんは、どう考えますか？」

しん、と静まりかえった教室で、水野はさらに続けた。

「更に少し視点を変えてみましょう。では、どうして明治以降、歴代天皇や皇族の方々が次々に神宮を参拝されるようになったのか。明治になって、神宮が突如として様変わりしたのでしょうか？　そうでなければ、何か他の理由があったのでしょうか？　これは、テストには出ませんが」

水野は楽しそうに笑った。

「この問題はぜひ、みなさんご自身で考えてみてください。さて、その持統天皇に関してですが——」

水野の講義は続いた。

「持統朝で」御子神は言う。「神宮が大きく変容を遂げ、整えられたことは間違いない。とすれば、どのような理由で持統だけが参拝し、大きく様変わりした――させたのか？　きみは、どう考える」

「それは」雅は、その時の水野の講義を思い出しながら答えた。「持統天皇が天照大神を自らに擬《なぞら》えようとしたからだと……確か、水野先生もそんなことをおっしゃっていたような記憶があります」

「水野先生らしい」御子神は苦笑した。「きみたちに考える余地を残した説明だ」

「そう……だったんですね」

「実際は、自らに擬えようとしたどころではないからな。民俗学者の新谷尚紀《しんたにたかのり》は『天照大神のモデルとなったのは高天原広野姫天皇《たかまのはらひろのひめのすめらみこと》をその諡号《しごう》とする持統天皇であった』と明言しているし、それまで『倭』や『大和』だった国号が『日本』となり『大王』が『天皇』という称号に変わったのも、この天武・持統朝だった。つまり、国が生まれ変わった。それに伴って、伊勢神宮も新しくなった。有名なのが、持統の即位式における『八開手《やひらで》』だ。公卿たちが参列して天皇を拝むと、作法に則って手を打った。この拍手の儀礼が今も、伊勢神宮神職たちに継承されている『八度拝《はちどはい》』だ」

「先日の出雲大社もそうでしたけれど、大分県の宇佐《うさ》神宮も『二拍手』ではなく『四拍手』と聞きました。それが、八拍手って——」

「最も正式な拍手の作法といわれている」

「でも、伊勢神宮は『二礼二拍手一礼』と聞きました」

「そんなものは、明治になってから決められた一般参拝者向けの作法だ。基本は、どう打とうが構わない。事実、神宮の神職は今でも『八開手』だ」

「……それは、どのように打つんですか？」

「実際に見学してくれれば良い。せっかく、足を運ぶんだからな」

「はい」

と答えたものの——。

神職たちが参拝するそんな場面に、運良く遭遇できるだろうか。また遭遇したとしても、その「拍手」の様子を間近でしっかりと目にすることが可能なのか……。

顔を曇らせる雅の前で御子神は、

「さらに」と続けた。「持統朝では、禰宜《ねぎ》の移動や交替、祭神の交替すらあったのではないかといわれている」

「祭神のって……まさか、天照大神のことですか？」

「古代史研究家の大和岩雄《おおわいわお》などは、このときに初めて天照大神が祀られたのだろうといっている」

「初めてって、どういうことですか？　だって伊勢は、最初から天照大神のために創建された――」

「斎王《さいおう》・斎宮《さいくう》を知っているな」

「は、はい」

と雅は頷きながら、一所懸命に頭をフル回転させて御子神の話についていく。

「斎王・斎宮は、伊勢の神を祀るために、天皇家の名代として神宮へと行かれた未婚の内親王、または女王のことです。明日、彼女たちが暮らしていたという斎宮跡や、斎宮歴史博物館に立ち寄るつもりです」

「それなら、そちらに関しても少しは調べてきているな。正確に言えば、神宮に仕えた斎王――『いつきのひめみこ』と、彼女に奉仕した官人たちの役所である『斎宮寮』を指して『斎宮』と呼ぶんだが、いつしか『斎宮』といえば、直接その女性を指す名称になっていった。そして、今きみも言ったように、斎王――斎宮は、天皇に成り代わって伊勢の神を祀るために朝廷から差し出された皇女だ。つまり、巫女であると同時に神の妻でもあった。とすれば、彼女の相手である伊勢の神は、男神になる」

「は？」雅は笑ってしまった。「天照大神がですか」

「そういうことじゃない」御子神は顔をしかめた。「確かに、国文学者の田中貴子《たなかたかこ》は、謡曲や風習の中で天照大神が男性神として扱われる場面がいくつもあると言っているし、それどころか髭を生やした大御神もいるという。歴史学者の関裕二《せきゆうじ》も、大《おお》日孁貴《ひるめのむち》——天照大神は、その名のとおり『ヒルメ』なのだから、そこには当然『ヒルコ』がいるはずだという。『ヒルメ』は『日神の妻』であり、男神である日神に仕える巫女という意味なんだからな。この巫女は、神の着物を織る『棚機津女《たなばたつめ》』でもあったが、天照大神も『書紀』を読めば分かるように、機織《はたおり》姫——日本最初の織姫だったとある」

え。

雅は、急いで御子神の話を頭の中で整理する。

ということは、つまり……。

「伊勢には、巫女神であった天照大神より以前に『男神』がいた。そして、その神こそが本来の伊勢の神だと？」

「当然、そういうことだ。天武が『望拝《たよせにおが》』んだという『磯宮』に祀られていた神だ。事実、朝廷から神宮へは、男性用の御神服が献上されていたという記録が残っているというからな」

「ああ……」

「しかし、持統朝で伊勢に対するさまざまな操作が行われた。それもこれも全て、持統朝を正当化するためだった。京大名誉教授の上山春平《うえやましゅんぺい》の説を引用するまでもなく、持統は自分の孫である軽皇子《かるのみこ》――文武への、一世代超えた皇位継承をもくろんだ。そこで、いわゆる『天孫降臨』を正当化するために、自らを天照大神として祀られる立場に置いた。神の妻であった巫女が『神』に変わったわけだ。この点に関しては、折口信夫《おりくちしのぶ》も早くから指摘している。更にこの時、禰宜の交替も行われた。内宮の禰宜だった度会《わたらい》氏が、外宮の豊受大神に仕えるようになり、代わって内宮には荒木田《あらきだ》氏が入ってくる。度会氏と荒木田氏は親戚関係にあったといわれているがね――。では、なぜそんなことが行われたのかといえば、実に単純な話で、皇大神宮の祭神の交替があったからに過ぎない」

「祭神を変更するなんて、そんなとんでもないことが？」

「よくある話だ」御子神は静かに雅を見た。「現代の我々が思っている以上に、神社――特に祭神などは、時の権力者たちによって自由勝手に扱われ、翻弄され続けている」

「でも、この場合は天皇家の祖神・天照大神ですよ。まさかその神が――」

「だから何だというんだ。事実、崇神によって、あっさりと朝廷から追い出されているじゃないか」

「それは……」

「天照大神だろうが、素戔嗚尊《すさのおのみこと》だろうが、大国主命《おおくにぬし》だろうが同じだ。どの神にしても、朝廷から軽んじられていた。とにかく――。ここで天照大神が神宮・内宮へとやってこられたわけだが、やはり大和岩雄は、

『この革新を推進したのは、神祇伯《じんぎはく》の中臣大島《なかとみのおおしま》と伊勢神宮の祭主《まつりぬし》の中臣意美麻呂《おみまろ》であろう。大島は、即位した持統女帝をバックアップする意味で、皇大神宮の祭神（日神）を男神から女神に変え、この女神と女帝を重ねた』

と言っている。結果としてわが国では、日神を女神とする珍しい神道が形成された。というのも、普通『太陽神』『日神』といえば、どこの国でもたいていは男神だからな。その天武の巫女としての女性――妻だった持統が、神となったわけだ」

なるほど。

頷く雅に、御子神はさらに言う。

「鎌倉時代の僧・通海《つうかい》の記した『通海参詣記《さんけいき》』には、伊勢の大神は后である斎宮のもとへ毎夜通っていたが、朝になると斎宮の夜具には『虵《くちなわ》』――蛇のウロコが落ちていた、という話があると書かれている。つまり、伊勢の大神は『男神』であると同時に『蛇神』でもあったという伝説が存在していた」

「男神で蛇神って。じゃあその神は、一体何者だったんですか！」

勢い込む雅に、御子神は静かに言った。

「きみは、それ、それを調べに行くんだろう」

まさにそうだ。

〝伊勢の神と三輪の神は同体〟

であり、

〝伊勢を知らぬと、出雲の半分しか分からん。伊勢は出雲であり、出雲は伊勢。金胎《こんたい》不二《ふに》――曼荼羅《まんだら》の金剛界《こんごうかい》と胎蔵界《たいぞうかい》のように――二つでありながら一つという間柄〟

なのだ。

出雲の神は、間違いなく「素戔嗚尊《すさのおのみこと》」（と大国主命）だった。

しかし、伊勢の神は言うまでもなく「天照大神」。

この二柱の神が同体って？

もしかしてこれが「外宮・内宮」の「男千木・女千木」の謎に繋がってゆくというのか……。

列車は定刻どおり——十時過ぎに伊勢市駅に到着した。

二人は近鉄線を降りて、ＪＲ参宮線に乗り換える。ここまで来れば、二見浦までたった二駅。あっという間だ。

鳥羽行きの参宮線に乗り込むと、御子神が尋ねてきた。

「すぐに二見浦に到着するが、きみは、神宮に参拝する前に二見興玉神社に立ち寄って禊《みそ》ぎをするといわれていることは知っているな」

「はい」

雅は元気良く答える。

その辺りは、しっかり予習済み。

「昔から『お伊勢参りは、先《ま》ず二見浦にて浜参宮《はまさんぐう》』と言われていて、この『浜参宮』は『禊浜《みそぎはま》』と呼ばれた二見浦にある二見興玉神社で禊ぎ祓いをする、という意味でした。もちろん、二見興玉神社の主祭神は猿田彦神ですから、先導・善導の神として——」

「最初にその社に参拝する、というのはどういうことだ？」

雅の言葉を遮って尋ねる御子神に、

「は、はい」雅はしどろもどろに答える。「ですから、禊ぎ祓いのために――」

「しかし猿田彦神は『禊ぎ』の代表格である祓戸《はらえど》の大神《おおかみ》たち――瀬織津《せおりつ》姫・速秋津《はやあきつ》姫・気吹戸主《いぶきどぬし》・速佐須良《はやさすら》姫の、いずれにも該当しないが」

「え、ええと、それは……」

「祓戸の大神たち以外にも、可能であれば先に参拝するべき神がいるだろう」

ああ、と雅は閃いた。

「地主神《じぬし》です。ということは、猿田彦神は――」

「『伊賀国風土記』には、伊賀国と伊勢国は同じ国だったが、第七代孝霊《こうれい》天皇の御代に分かれたとある。さらに、

『猿田彦の神この国を始めて、伊勢のかざはや（風早）の国となしき。時に二十余万歳この国を知りき』

と書かれている。つまり、猿田彦神が伊勢一帯を二十万年余りにわたって治めていたことになる」

「二十万年余り……」

「それはさすがに大袈裟だろうが」御子神は笑う。「埋蔵文化財研究者の神崎勝《かんざきまさる》も、猿田彦神が伊勢・志摩・伊賀の広大な国を支配していたらしいとした上で、『伊賀地方の土着の神とみられる吾娥津媛《あがつひめ》がサルタヒコの御子とされているのも、そうした支配関係の神話的表現であろう』

と言っている」

「じゃあ、本当に——」

二十万年云々という話はともかくとして、猿田彦神が伊勢国の地主神だったことは確かなのか。

とすれば猿田彦神は、単なる「導きの神」「道開きの神」だけではない。現在の伊勢・志摩と伊賀を治めていた神——いわゆる「大国主」で、その土地を天照大神たちが奪ったということになる。

天照大神に関して、以前に水野は、

「ぼくは、天照大神は日本を代表する怨霊神の一柱と考えています」

とんでもないことも言っていた。

その、天照大神たちに土地を奪われた猿田彦神が祀られている二見興玉神社。きっとここも、表に出ている話とは全く違った歴史を隠し持っているに違いない。

「猿田彦神に関しては、当然知っているな」御子神が言う。「水野先生が、講義で何度となく取り上げられた」

「はい」

雅は即答する。

「後で、猿田彦神社もまわる予定です」

「それは良かった」

御子神は頷いたが――。

実を言うと……資料を持ってきてはいるものの、今、質問されたら間違いなくアウトだった。雅が、ホッと胸を撫で下ろしていると、電車は二見浦駅に到着した。

雅は胸の高鳴りを覚えながらホームに降り立つ。

猿田彦神は、一説では天照大神と同様に「太陽神」だという。その風貌も、地上に降りた太陽のように輝いていたと言われて納得する。見上げれば、そんな「太陽神」に歓迎されているかのような、雲一つ見えない晴天だった。

駅はどことなく潮の香りがしたけれど、海岸まで直線距離で五百メートルほどだというから、気のせいではないかもしれない。

駅名は「ふたみのうら」だが、これから行く場所は「二見浦《ふたみがうら》」。

ここまでは良いとして、二見浦の海岸にある「日本海水浴場発祥の地」といわれている海水浴場の名前は「二見浦《ふたみうら》海水浴場」。

こうなると、ややこしい。

夫婦岩《めおと》をモチーフにしているという、大小の四分の一円——大小のホールケーキ四分の一の形——が向かい合ったように建つ変わった形の駅舎を後にすると、御子神はタクシー乗り場に向かう。

二見興玉神社までは約一・五キロ。歩いても二十分足らずで到着するし、昔からの旅館が建ち並ぶという町並みを、ゆっくり散策するのも風情があるだろうと思っていた。しかし御子神は、学会の時間もあるのでタクシーを使うという。そこで雅も、今回はちゃっかり同乗させてもらった。のんびり散策は、またいつか改めて。

タクシーに乗って駅前ロータリーに建つ鳥居をくぐって、趣《おもむき》のある旅館街を走り抜けると、わずか五分で神社に到着した。

駐車場でタクシーを降り、心地好い潮風に吹かれながら、左手に広がる青い伊勢湾を眺めて歩いて行くと「二見興玉神社」と刻まれた立派な社号標が正面に、そして左手には真っ白い神明《しんめい》鳥居が見えた。

鳥居の向こうに鎮座しているのが、二見興玉神社。

そのまま進むと、社号標と鳥居の間には、青銅の屋根付由緒板が立っていて、

祭神

猿田彦大神

宇迦之御魂《うかのみたま》大神

垂仁天皇の御代皇女倭姫命

天照大神の神霊を奉戴して

此の二見浦に御船を停め

神縁深き猿田彦大神出現の神蹟である

海上の興玉神石を敬拝し給う

即ち夫婦岩に注連縄《しめなわ》を張り

拝所を設けたが——

云々とあった。

〝海上の興玉神石……〟

〝夫婦岩に注連縄を張り拝所を設けた……〟

不審な顔で由緒板を見つめて立ちつくす雅に気がついたのか、御子神が「どうかしたか」と尋ねてきた。

雅は「はい」と答えて、今感じた疑問を投げかける。

「神蹟の興玉神石って、何ですか？　それと、その拝所って——」

ああ、と御子神は頷く。

「二見興玉神社というと、一般的には注連縄の張られた夫婦岩を想像する。夏至の太陽が、岩と岩との中央から昇ってくる画像が特に有名だからな。江戸時代の『伊勢参宮名所図会』にも、そんな絵が載っているほどだ。しかし、由緒板にあるように、この社はあくまでも猿田彦神出現の興玉神石を祀っている」

「その岩が、海上に？」

「夫婦岩の東方、約七百メートルの場所に、その大きな霊石があったようだ。しかし江戸時代——十八世紀ごろに起こった大地震のために海中に没してしまったと伝えられている」

「そうなんですか」雅は頷く。「あの有名な夫婦岩は、水平線から昇る朝日を拝むためではなく、あくまでも猿田彦神の神蹟を拝むための拝所――鳥居」

「そういうことだ。そこの駒札《こまふだ》にも書いてある」

え……。

雅が、鳥居のすぐ脇に立っている、かなりの年季が入っている駒札――将棋の駒のような形をして、浅い屋根がついている高札《こうさつ》――に目をやると、

夫婦岩（立石）沖には、現在は海中に没していますが、神様が寄り付く岩・興玉神石《おきたましんせき》があり、この周辺の立石浜は、神々のいる常世《とこよ》の国から寄せる波が、最初に届く聖なる浜と信じられてきました。


と書かれていた。

それに続いて、この浜は伊勢神宮の「禊場《みそぎ》」「垢離《こり》場」であるとか、「浜参宮」は本来、実際に海水に浸かって禊ぎをするのだけれど、現在ではその興玉神石より採取した「無垢鹽草《むくしおくさ》」で身を清め――云々と（かなり擦れた文字で）続いていた。

〝本当だ……〟

目を丸くする雅の横で、

「伊勢の人々にとっては常識だ」

御子神は言って歩き始めたが――。

勉強不足は否めないにしても、地元の人間ではない雅が知らなくたって仕方ないじゃないか。

「ええと……」

今度は、鳥居の貫《ぬき》に飾られている、ちょっと変わった神紋に目をやって尋ねる。

「先生。この神紋は？」

御子神は立ち止まると、雅を見て答える。
「当然、ここ二見興玉神社の神紋だ。それ以外にあるか」
「変わってますね」雅は神紋を見上げたまま言った。「何なんですか、この神紋の名前は？」

「裏花菱《うらはなびし》だ」

そう言われれば確かに「花菱」を裏返して見ているような、珍しい紋だ。

でも――。

「花菱は、伊勢神宮の神紋の一つですよね。それを、わざわざ裏返している？」

「別名『裏見《うらみ》花菱』と呼ばれている」

「裏見……」

あっ、と雅は閃く。

これは、もしかして「恨み」花菱？

伝説や浄瑠璃にある『葛《くず》の葉《は》物語』や『信太妻《しのだづま》』――『保名《やすな》』と同じ。

平安時代の陰陽師《おんみようじ》・安倍晴明《あべのせいめい》の母親の「葛葉」が、自分の正体が白狐だと知られてしまったため、泣く泣く信太森に帰る際に残したのが、

恋しくば　たずね来てみよ和泉《いずみ》なる
　信太の森の　うらみ葛の葉

まさに「裏見」と「恨み」をかけた歌だ。

そんな話と同様に、もともと伊勢の地主神だった猿田彦神が、天照大神たちに土地を奪われて追い出された、その「恨み」を「裏見」にかけている。それで、あえて伊勢神宮の神紋「花菱」を裏返して神紋とした……のか？

その神紋を見上げながら鳥居をくぐると、左手には伊勢湾の青い海が、右手はすぐに小山で「落石注意」などという物騒な看板の立つ、緩くカーブしている砂利道《じゃりみち》の参道を歩く。

一見、笠木《かさぎ》と島木《しまぎ》の両端が大きく反り返っている、ごく一般的な神社の明神鳥居《みょうじん》と見間違えてしまうような、立派な、額束《がくづか》も島木もない神明鳥居——二の鳥居をくぐって参道を進むと、大きな蛙《かえる》の石像が出迎えてくれた。

蛙は猿田彦神の神使で、航海や旅から無事に「カエル」、あるいは「若ガエル」という縁起物で、龍神や雨からの連想だと言われているが、これはもちろん俗信。

真実は、猿田彦神の周囲にいた、彼の部下であり仲間でもあった「川の民——川衆《かわず》」を表している。それがいつの間にか、そう騙られるようになったのだ——と水野から教わっている。

蛙の石像の斜め前。山側の岩窟前面には「天の岩屋」と刻まれた社号標が立ち、朱色の鳥居を持つ社殿が建っている。社殿の脇には天鈿女命《あめのうずめ》だろう、胸を半ば露《あらわ》にして踊る女性の石像が立っていた。

この岩窟は、もともと宇迦之御魂《うかのみたま》神を祀っていた三宮神社が鎮座していたらしいが、江戸時代に現在のような社になったと由緒にあった。

その社を通り過ぎた所にある、大きな蛙の口から竹筒を伝って水が出ている（しかも、念の入ったことに水桶の中からも蛙たちが顔を覗かせている）手水舎《てみずや》で手と口を清めた。

さらに手水舎の脇にも、蛙たちがズラリと並んでこちらを見ている。ひょっとしてこれは、怪しい者は決して猿田彦神に近づけないぞということなのかも。

遥か海上に見える、太い注連縄がかかった夫婦岩を眺めながら、よく晴れた日には二つの岩の間から富士山を望むことができるという富士見橋を渡ると、長い切妻《きりづま》屋根を架けた拝殿が姿を現した。

この拝殿は当初、木造だったらしいが、伊勢湾を襲った暴風雨のために何度も倒壊してしまったので、現在はコンクリート製になったのだという。それはそうだろう。海岸の吹きっさらし、しかも面しているのは台風の襲来で有名な伊勢湾なのだから。

でも、そうなると、何故、天照大神がこの地を選んだのかが謎になる。遠い昔には生活する上でもかなり厳しい環境の土地だっただろう……。

雅は御子神と並んで参拝する。

但し、御子神はあっさり。雅はじっくりと。

〝どうか、伊勢と出雲の謎が解けますように……〟

参拝が終わると雅は社務所に立ち寄り「無垢鹽草」をいただいた。これで「浜参宮」の禊ぎは完了。

社務所と拝殿の間をすり抜けるように進むと、石垣の上に本殿が見えた。といっても、周囲を瑞垣《みずがき》――社殿を取り囲むようにぐるりと立てられている垣――に取り囲まれているため、ほとんど屋根だけしか見えない。

本殿近くの「日の神・皇居遙拝所《ようはい》」ではカメラやスマホを手に、大勢の観光客たちが鳥居越しに見える夫婦岩の写真を撮っていた。その姿を眺めていると、

「本殿を、きちんと確認しなくて良いのか」

背後から御子神が言った。

雅は振り返ったが、すでに御子神は明後日の方向を見ている。でも、せっかく言われたのだからと、屋根をもう一度見上げてみると、

「えっ」

雅は自分の目を疑ってしまった。

目をこすって二度見したが、間違いない！

雅はあわてて再び振り返る。

しかし御子神は相変わらず、雅の視線に気づかないかのように伊勢湾を眺めていた。そこで、

「先生、これ！」

雅は叫ぶ。

というのも、本殿の屋根を飾っている千木《ちぎ》は水平の内削ぎ。並んで載っている鰹木は六本。明らかに、女神を祀る造りではないか！

水野の意見を取れば、二見興玉神社の主祭神は「女神」であるか、あるいは主祭神を隠している……？

「どういうことですか、この千木と鰹木は！」

勢い込んで尋ねたが、

「さあて……」御子神は、気の抜けたような返事をする。「不思議なこともあるものだな」

「ここは、猿田彦神を祀っている本殿です。猿田彦神は当然、男神。それなのに、ど

うして女神を祀る造りに？　あり得ません」

「ここでも、伊勢の『男千木・女千木』に通ずる良いテーマを見つけたな」御子神は言う。「わざわざ足を運んだ甲斐があった」

「そんな――」

この場では、答えを教えてもらえないのか。

目で訴える雅を無視して、御子神はさらに歩を進めた。雅も仕方なく後を追う。

その先でも、やはり大勢の観光客たちが集まって写真を撮っている。彼らの前では夫婦岩が、気持ちよさそうに穏やかな波に洗われていた。

海上に並ぶ大小二つの岩は、明治までは単に「立石《たていし》」と呼ばれていたという。それがいつの間にか「夫婦岩」という名称に変わったらしい。

説明書きに視線を落とすと、向かって左手の大岩は、高さ九メートル、周囲は四十四メートル。小岩は、高さ四メートル、周囲は十メートル。二つの岩に回された注連縄は三十五メートルで、大小の岩の間の縄の長さは九メートル。

この注連縄は年に三回張り替えられ、運が良ければ、張り替えの日に触れることができるのだという。そういえば、偶然にそんな体験をしたと自慢していた同級生がいたことを思い出した。

確かに、向かって左側の大きな岩には、鳥居が建っている。まさしくこの岩は「鳥居」。ということは、ほとんどの参拝者（観光客）たちは「鳥居」だけ眺めて満足して帰ってしまうことになる。

さっきまで雅も知らなかったとはいえ、何とも複雑な気分……。

夫婦岩の斜め後ろには「屏風岩《びょうぶ》」。少し先には「かえる岩」がある。この「かえる岩」は以前「烏帽子《えぼし》岩」と呼ばれていたらしいが、岩の上部が蛙に似ていることから呼び名が変わったという。そう言われると、岩の上に飛び乗った蛙（あるいは亀）がいるように見える。

そして――。

海中に隠れてしまって見ることはできないが、夫婦岩から七百メートルほど沖には、興玉神石が鎮座しているはずだ。

説明によれば、この石の周囲は九百メートル以上、高さ七メートルほどの楕円《だえん》形をした大きな平石らしい。干潮時は姿を現し、満潮時は姿を隠したとあり、その石（岩）の上に立って、猿田彦神が天照大神たちを迎えたのだという。

雅は、そちらの方角に向かって、そっと手を合わせた――。

そのまま参道を進んで禊橋を渡ると、土産物屋や見晴らし台、そして本居宣長《もとおりのりなが》の、

変らじな　波は越ゆとも二見潟
　妹背の岩のかたき契りは

と刻まれた歌碑が建っていた。

これを目にした誰もが夫婦岩をメインに考えてしまうのも無理はない。伊勢・松坂《まつさか》出身の宣長は、もちろん全てを知っていたのだろうけれど……。

二人はそのまま進み、朱色の社殿が色鮮やかな、龍宮《りゅうぐう》社に参拝する。

祭神は、大綿津見《おおわたつみ》神。

寛政《かんせい》四年（一七九二）、大津波が襲い、この村の大半が消失してしまったため、そんな災害から村を護ってもらうために勧請したところ、それ以降、被害が激減した霊験あらたかな神の社だ。同時に、全国の漁業関係者の信仰も篤いという。

雅たちは参拝を終えて、再び砂利道の参道に戻る。

このまま真っ直ぐ進めば、珍しい朱塗りの神明鳥居をくぐって国道まで抜けられ、倭姫命や素戔嗚尊たちの伝説が色濃く残る粟皇子《あわみこ》神社や神前《こうざき》神社や江神社《えのじんじゃ》、松下《まつした》社などが鎮座しているそうだけれど、参拝を終えた雅たちは、今やってきた参道を戻る。

再び夫婦岩を眺めながら歩き、女千木・鰹木偶数本の本殿を眺め、一の鳥居まで戻ってくると御子神が言った。

「今こうして我々も行きと帰りで、この浦を二度見たが『二見浦』という地名の由来を知っているか」

おそらく……、と雅は首を傾げながら考える。

「目の前に広がっている伊勢湾が美しかったからとか、朝日を浴びた夫婦岩が綺麗だったからとか、そんな理由で二度見してしまったということでしょうか？」

「倭姫命がこの地を訪れた際に『二度振り返り見て、その姿は胸を焦がす』と言ったからだといわれている」

「やっぱり、それほど美しかった——」

「きみは『胸を焦がす』という言葉の意味を知らないのか」

「え」

「胸を焦がすというのは『思い煩《わずら》う』『切なくなる』『心が苦しくなる』というような、ネガティヴな感情を表す言葉だ。素晴らしい景色を目にして感動した結果『胸を焦がす』というようなことはあり得ない」

そう言われれば……そうだ。

決して、喜ばしい場面で使われるような言葉ではない。むしろ「胸が痛む」という言葉に近いだろう。

「倭姫命も、この国の地主神だった猿田彦神に対して、何か重苦しい感情を持っていたということですか」

「直截《ちょくせつ》的に言ってしまえば、後ろ暗かったんだろうな」

「ああ……」

猿田彦神たちの土地を奪って追い出してしまった、その後ろめたさや申し訳なさが多少なりともあったのか。

そのために「心が苦しくて」思わず振り返ってしまった——。

倭姫命はきっと、心優しい女性だったのだろう。

納得する雅の前で、

「さて」御子神は時計を眺めて言った。「タクシーを呼んで、二見浦駅まで戻るとしよう。ぼくはそこから二駅、十分ほどで鳥羽に到着するから、時間的にもちょうど良い。きみは伊勢市駅に戻るんだな」

「はい」雅は答える。「そこから外宮——豊受大神宮に向かいます。駅から歩いて五分ほどのようですし、二見興玉神社・外宮・内宮と参拝するのが、正式ということなので」

「なぜ？」

「は」雅は目をパチクリさせた。「なぜと言われても……それこそ、お祭りだって『外宮先祭《せんさい》』――外宮が先と言われていますから」

「その理由を尋ねている。どうして『外宮先祭』なのかと」

「それは……」

雅は口を閉ざす。

その理由までは、考えていなかった。

二見興玉神社の猿田彦神は地主神だから良いとして、外宮の豊受大神は……。

「ゆっくり考えるといい」御子神はタクシーを呼びながら言った。「今日明日と、時間はたっぷりあるだろう。ああ、そうだ」

思いだしたように言う。

「内宮の例の宇治橋《うじばし》には、面白い伝承があった」

「それは？」

「内宮を参拝する人々は、五十鈴川に棲む河童《かっぱ》たちに、幾許《いくばく》かの投げ銭を与えるのが習慣だったという」

「河童……」

「この辺りも、研究のやり甲斐があるだろうな」

「はい」雅は頷き、そしておずおずと尋ねる。「あの……もし、よろしければ、先生の今日明日のスケジュールをお教え願えないでしょうか」

「ぼくの？」

「ええ」雅は、申し訳なさそうにお願いする。「もしもまた何か、分からないことが出てきたら、お電話でお尋ねできればと。現地にいる間に伺っておいたほうが良いことなども、まだありそうなので……」

「今日はシンポジウムと懇親会だけだが、明日は——」

御子神はニコリともせずに答えると、手帳のページに走り書きし、それを破ると雅に手渡した。

「その時間ならば空いている。誰かと一緒にいたとしても、電話に出ることはできる」

「ありがとうございます！」

雅がペコリとお辞儀してお礼を述べたとき、タクシーが到着して、二人は二見浦駅へと向かった。

しかし。

まだ一社しか訪ねていないというのに、すでに謎だらけ。

伊勢はどれほど奥が深いんだろう。

雅は、窓の外に青く広がる海を眺めながら嘆息した。

《豊受《とようけ》大神宮の待伏《まちぶ》せ》

伊勢市駅で参宮線を降りて改札口を出ると、雅は右手方向に向かう。

二見興玉神社同様、外宮——豊受大神宮に参拝する前に、もう一ヵ所、先にお参りしなくてはならない神社があるのだという。

それは、月夜見《つきよみ》宮。

祭神は、天照大神の弟神といわれる月読命と、月読命荒御魂《あらみたま》——優しい和御魂《にぎみたま》の対極にいらっしゃる荒々しい、いわゆる荒ぶる猛《たけ》き魂。内宮近くの月讀《つきよみ》宮でも祀られているが、こちらの宮では、二柱の神を一つの社殿に合わせて祀っている。

もともとは月讀宮と同じく正殿が二殿あり、それぞれに月読命と月読命荒御魂をお祀りしていたという。鎌倉時代の書物などによれば、社の周囲に約七十メートルにもなる壕《ほり》が巡っていたというから、かなり大きな宮だったと思われる。しかし、それらは室町時代の応永年間に炎上してしまい、それ以降、再興されることなく現在に至っているらしかった。

月読命に関して『記紀』は、彼の誕生をこう記している。

亡くなってしまった伊弉冉《いざなみ》尊と会うために訪れた黄泉《よみ》国から、必死の思いで戻った伊弉諾《いざなぎ》尊が「竺紫《つくし》の日向《ひむか》の橘《たちばな》の小門《おど》の阿波岐原《あわきはら》」で、身の穢《けが》れを禊ぎ祓《はら》い落とした。その際に、左の眼からは天照大神が、鼻からは素戔嗚尊が、そして右の眼から、月読命が生まれ出た。

雅は念のために、手元の資料を確認する。

『ここに左の御目《みめ》を洗ひたまふ時成りし神の名は、天照大神。次に右の御目を洗ひたまふ時成りし神の名は、月読命。次に御鼻《みはな》を洗ひたまふ時成りし神の名は、建速須佐《たけはやすさ》之《の》男《お》命』——とあった。

つまり月読命は、天照大神や素戔嗚尊の姉弟（兄弟）神ということになる。

そして、天照大神は高天原《たかまのはら》を、素戔嗚尊は海原《うなばら》を、月読命は『夜の食国《おすくに》』——黄泉国を任されることになった。

この月読命は男性神とも、あるいは女性神ともいわれ、性別すら定かではない。ただし『万葉集』「巻六」や「巻七」に、

「天に坐《ま》す月読壮士《おとこ》」

「み空ゆく月読壮士」

などと詠まれ、伊勢神宮の『皇太神宮儀式帳』でも、男性神とされているため、今では男神という考えが主流になっているようだ。

ちなみに『続日本紀』光仁《こうにん》天皇宝亀《ほうき》三年八月六日の条には、

「この日、異常な風雨があって、樹木を根こそぎにされ家屋が壊された。これを占ってみると、伊勢神宮の月読神の祟りであると分かった」

〝月読命の祟りって……〟

しかも、そう言われて当時の誰もが納得するなんて。

月読命は、それほどまでに恐ろしい神だったのか――。

それ以来毎年九月に、天照大神の荒魂を祀る神事に準じて、月読神に馬を奉納することになったのだと書かれている。

ひょっとして、この男神こそが、天照大神以前に伊勢で祀られていた神？　内宮・外宮とも、揃ってすぐ近くに祀られているではないか。

でも――。

雅は顔を曇らせる。

その宮は、あくまでも神宮の近くだ。境内《けいだい》ではない……。

駅から徒歩十分ほどで到着すると、

「豊受大神宮別宮　月夜見宮」


と書かれた社号標を眺め、緑濃い木々に囲まれる神明鳥居をくぐる。

するると驚いたことに、ほんの数メートル進んだ参道は、雅の腰辺りまで積まれた石垣に突き当たった。そのまま直角に左に折れて歩くと、再び石垣に突き当たる。そこで再び参道を右に折れると、ようやく景色が開けた。

念には念を入れた造りだ。ここに鎮座されている神を、どうしても外に出したくはない人々がいたらしい。

雅は、水野の講義で何度も聞かされた話を思い出す――。

怨霊は「一直線にしか進めない」という迷信がある。

そのために、怨霊を祀る神社ほぼ全ての参道が曲がっている。酷く狭い境内にもかかわらず、わざわざ曲げている神社。その逆に、素直に一直線に本殿に到達できる広大な境内なのに、参道が折れたりカーブしたりしている神社。

実際の例としては、福岡県・太宰府天満宮《だざいふてんまんぐう》、大分県・宇佐《うさ》神宮、奈良・大神《おおみわ》神社、茨城・鹿島《かしま》神宮、東京・明治神宮、そして、ここ伊勢神宮などなど無数にある。沖縄の、道路の突き当たりや門などに飾る魔除け「石敢当《いしがんとう》」もその一種とも言える。

ちなみに、他にも怨霊を祀る神社の特徴がいくつもある。

たとえば「川——橋を渡る」。

これは、あの世（彼岸《ひがん》）とこの世（此岸《しがん》）を分けて、怨霊神をあの世に鎮座させたままにしておこうという考えだ。

最も有名なのは、和歌山県・熊野《くまの》本宮大社で、熊野川と音無《おとなし》川と岩田川の合流する中州——大斎原《おおゆのはら》に建てられた。だから、どの方向から参拝しても必ず川を渡る。太宰府天満宮は、三回も橋を渡るし、古地図で見れば出雲大社も、名古屋の熱田《あつた》神宮もそうだ。

その他にも「最後の鳥居をくぐれない」「祭神がそっぽを向いていて、参拝者と対峙できない」「祭神（本殿）を拝めない」などなど、たくさんあると教わった——。

二十年に一度の遷宮のための古殿地《こでんち》——新御敷地《しんみしきち》を通り過ぎて木造の神明鳥居をくぐると、大きな白い玉砂利を踏みながら、その隣に建つ社殿に進む。

鳥居をくぐってから社殿に向かうまでに敷き詰められた――油断していると踏み外して足首を捻《ひね》ってしまいそうになる――白く大きな玉砂利が、伊勢の宮の特徴だ。

雅は足元に神経を配りながら社殿まで進むと、月読命に深々と礼をして参拝した。

社殿の千木は外削ぎ、鰹木は五本の奇数本。

間違いなく、男神を祀る造りになっている。

二礼した後、柏手の回数に関しての御子神の言葉を思い出したが……ここは無難に「二拍手」。

その後、外宮摂社で月読命の荒御魂であり、同時に土地の開拓神を祀っているという高河原《たかがわら》神社も参拝する。

周囲をきっちりと瑞垣に囲まれた、いかにも「怨霊をお祀りしています」と言わんばかりの造りの社だったが、こちらも男神を祀る造りになっていた。

やはり、月読命は男神で間違いなさそうだ――と確信しながら、雅は月夜見宮を後にした。

境外に出ると、すぐ右手に折れる。「神路《かみじ》通り」だ。

外宮北御門口《きたみかど》へと続く、約二百メートルほどの道で「神路通りの歴史」と書かれた

立て看板に目を通すと、

「月夜見尊（つきよみのみこと）が夜な夜な外宮へ通い給う、神の通い路であった。つまり御幸道《みゆき》であった」

と書かれていた。

女神・豊受大神のもとへ「夜な夜な」通われたというのだから月読命は、やはり男性神と考えて良いだろう。

また、通われるときには、先ほど雅も目にした宮の石垣の一つが白馬と化して月読命を乗せて運んだのだともあった。命が勝手に外へ出るのは禁じられていたが、豊受大神に会うための外出だけは許されていたらしい。

そんな伝説から、明治になって鉄道が通るまでは、この道を歩いて外宮・北御門口へと向かうのが、外宮への正式な参拝路とされてきたので、この通りを歩く人々は現在でも道の中央を踏むことはないという。

そういわれて見れば、道の真ん中は黒い敷石が一直線に敷き詰められている。単なるお洒落なデザインというわけではなく、踏んではいけない部分というわけだ。

通りの家々は今も、

「不浄所の戸も道の方へは開けず」
「不吉な行列もこの道を通らない」

ようにしているという。
それだけではなく、白馬にお乗りになった神と出会わぬように、

「夜はこの路を通らない」

のだそうだ。敬虔すぎる話だけれど——。
〝ちょっと待って〟
出雲でも、同じような話を耳にしなかったっけ？
雅は、慣例通り道の端を歩きながら考えた。
そうだ！
稲佐《いなさ》の浜の神事だ。

日本全国、八百万《やおよろず》の神々全員が出雲に集合する神無月《かんなづき》——十月。そのため逆に出雲では「神在月《かみありづき》」となり、稲佐の浜に上がられた神々は、深夜、神職たちに伴われて出雲大社へとお入りになる。

今でこそ一般参拝も可能になっているようだけれど、昔は神の通る道——「神迎《かみむか》えの道」に沿った家々は、固く門扉を閉ざして家に閉じこもり、決して覗き見ることはしなかったという。

それは何故かといえば、

〝神を畏れ——いや、恐れていたから〟

ということは、先ほどの『続日本紀』の話のとおり、やはり月読命も「恐れられる神」——怨霊神だったことになる。

雅は、道の右端を歩きながら思う。

素戔嗚尊は、言うまでもなく怨霊神。

天照大神も（水野に言わせれば）怨霊神。

そして、月読命も同じく怨霊神らしい。

とすれば。

月読命って一体何者？

眉根を寄せ、唇を尖らせながら歩いていると、やがて森々たる木々に囲まれて立つ神明鳥居が見えた。

豊受大神宮——外宮の北御門口だ。

主祭神の豊受大神に関しては（水野の講義や御子神の話で、ちょっと自信がなくなってきているけれど……）一般に言われている説はこうだ。

豊受大神は、伊弉冉尊の孫にあたる。

五穀豊穣《ごこくほうじよう》・養蚕《ようさん》の神である和久産巣日神《わくむすひ》の子であり、天照大神の神託によって、大神の食事を司る「御饌都神《みけつ》」として伊勢国・度会に呼ばれた。

和久産巣日神の出生は少し異常で、貴船《きふね》神社奥宮の祭神でもある罔象女《みずはのめ》と共に、伊弉冉尊の「尿《ゆまり》」から生まれたとされている。

その神の子が、伊勢神宮・外宮の主祭神。

しかも、内宮より先にお参りする「外宮先祭」の神。

さっきの御子神の話はともかくとして——一般的に、内宮は垂仁二十六年（紀元前四年）ごろ、外宮は雄略二十二年（四七八）ごろの創建といわれている。

それなのに、神宮の祭典のほとんどが、後の世に創建された外宮から先に行われる

「外宮先祭」。

だから、伴《ばん》とし子は『内と外という語感から受けるイメージもさることながら、外宮のほうが後でできたということであるにもかかわらず、不思議なことに外宮先祭という慣習が残っている』――と言っているのだ。

その理由は一体何だろう。

なぜそれほどまでに豊受大神を大切に？

そもそも「尿」から生まれた神の子を、天照大神が自ら「食事係」として呼び寄せたということ自体が不思議だ。神は穢れを嫌うのではなかったか？

改めて考えてみると、おかしい。どうして誰も、この状況に疑問を抱かなかったのだろう。

いや。

雅だって、今初めて気がついたのだ。ついさっきまでは、全く疑問にも思っていなかった……。

再び水野の言葉を思い出す。

〝あとは、自分の頭で考えてください〟

雅は手水舎で手と口を清めると、白玉池へと流れ込む細い川の上に架かる裏参道火《ひ》除《よけ》橋を渡り、毎月正殿にお参りする神馬がいる御厩《みうまや》を右手に眺めながら進む。

鳥居前で軽く一礼して、緩やかに左へ大きくカーブしている参道を歩いた。まるで、森の中に通る一本道のような深閑とした砂利道だ。

参道沿いに建つ五丈殿・九丈殿や御神札《おふだ》授与所を過ぎて、突き当たりをほぼ直角に右に折れると、正殿・東宝殿・西宝殿が、四重の玉垣の向こうに鎮座している正宮《しょうぐう》へと向かった。由緒書きには、

御垣内《みかきうち》の御饌殿《みけでん》では、毎日朝夕の二度、天照大御神に神饌《しんせん》をたてまつるお祭りがご鎮座以来絶えることなく行われています。

とあった。

この大神は『丹後国風土記』逸文によれば、水浴をしている際に老夫婦によって羽衣を奪われ、天に帰ることができなくなり、この地上で一生を終えた（と、そこまでは明記されていないが）そんな悲しい天女こそ、豊宇賀能売《とようかのめ》――豊受大神だという。

そして、問題なのはこの正殿。

四重の玉垣――社殿の周囲に巡らされた垣に囲まれて建つ正殿は、伊勢神宮だけの様式である檜《ひのき》の素木《しらき》による「唯一神明造《ゆいいつしんめいづくり》」。屋根は茅葺《かやぶ》きで、高床《たかゆか》、平入《ひらいり》、切妻《きりつま》。柱は地面の穴に直接立てる掘立《ほったて》柱。

これらに関して『鹿島《かしま》神宮誌』によると、

『神社建築においても、最も古い社に属する社が、妻入りを正面とし、そこが出入り口となるのに、伊勢の神宮の社あたりから、側面から出入りする平入りとなっている。それは天皇や将軍に拝謁し言葉を交わすにも、畏れ多いという理由から側面の者を介してする礼儀に同じである。御用聞きは屋敷の正面からは入れず、勝手口から出入りする礼儀といったらわかりよいであろうか』


ということらしい。

雅は、正宮正面に立つ蕃塀《ばんぺい》――伊勢神宮から始まっているといわれる、大きな衝立《ついたて》のような塀――と正宮の間に割り込むようにして――つまり、ここでも直角に折れて――神明鳥居をくぐり、外玉垣《とのたまがき》前で参拝するという、少し変わった造り。

〝それは良いのだけれど……〟

ここからが「外宮」最大の問題。

屋根に載っている千木は、外削ぎの「男千木」で鰹木も五本の「奇数本」。

その先に覗く内玉垣南御門も同じく「男神を祀る造り」になっている。

正宮脇に回り込んで眺めれば、正殿の千木も「男千木」で、屋根に載っている鰹木は九本という、明らかに「男神を祀る造り」になっているのだ。

先ほどの二見興玉神社と正反対の状況。

あちらは、男神の猿田彦神を祀っているはずなのに「女神」を祀る造り。そしてこちらは、女神の豊受大神を祀っているはずなのに「男神」を祀る造り。

どういうこと？

意味が分からない。

水野を日本に呼び戻して教えてもらいたいくらいだ。

いや、水野には「自分で考えろ」と言われるから、誰かに教えてもらいたい。いっそのこと、名探偵——日本の神社の謎だから、金田《きんだ》一耕助《いちこうすけ》や明智《あけち》小五郎《こごろう》を呼んできてもらいたい。この難事件を彼らは、どうやって解決するだろう。

それとも外宮の祭神は、御子神が言っていたように「男神」だというのだろうか。

でも豊受大神は、天女で間違いないはず。だからこそ、男神・月読命が、毎夜通った。

これでは本当に支離滅裂。伊勢では男千木・女千木や鰹木の男神・女神という基準は関係ない、適用されない、そう考えるしかない気もしてくる。

でも、そうだとして何故伊勢だけが、その基準から外れるのか。

これもまた謎……。


正宮の参拝を終えると、式年遷宮の際のお祓いの場所であり、近年「パワースポット」として人気があるという「三つ石」を横目にして雅は歩く。

雅は「パワースポット」に、全く興味がない。というより、むしろ避けて歩くことにしている。

というのも、そこが本物の「パワースポット」であれば、間違いなく「良いもの」も「悪いもの」も充満しているはず。その中から「良いもの」だけを取り出して持ち帰る（？）自信はない。そういうことができるという確信を持っている人だけが、その場所に行けば良いと考えている。

そこで雅は、そそくさとその場を離れ、御池の水路に架かっている橋代わりの「亀石」の一枚岩を渡る。この奇妙な形をした石は、この辺りにあった古墳の入り口の石だったという説もあるらしい。

でもそれが本当ならば、そんな重要な石を土足で踏んでも構わないものなのだろうか？「天岩戸」の入り口を塞いでいた岩を踏むようなものなのでは……首を傾げながら、雅は多賀宮《たか》へと向かう。

豊受大神の「荒御魂《あらみたま》」を祀っている、外宮第一の別宮だ。意を決して、約百段といわれる石段に足をかけて登り始めた。

しかし石段は、十段ほど登っては踊り場、三十段ほど登っては踊り場というようになっていて、一息に登るわけではなかったので、下から見上げるほどきつくはない——といっても、旗を掲げて説明しながら登るガイドさんは、さすがにかなり息を切らしていたけれど。

この宮は山の頂、一段高い場所に鎮座しているため「高宮」という名前が「多賀」になったといわれ、多賀も「賀が多い」という意味でおめでたい名称といわれているが、これも騙り。

雅は、水野の講義を思い出す——。

「滋賀県の多賀《たが》大社を始めとする全国の『タガ』神社の『タガ』は、実は『箍《たが》』であって『束ねて縛り上げる』ことで、身動きが取れないようにするという意味でした。その証拠に、緊張が緩むことを『タガが外れる』『タガが緩む』と言いますね。その結果、朝廷からの締め付けが功を奏して大人しくなった神々、あるいは鬼や土蜘蛛《つちぐも》たちに対して、ああ良かったという意味で『多賀』という、おめでたい文字を当てたのです」

続けて水野は、

「反朝廷の神や人々を葬《ほうむ》った――『はふった』ことを『祝《はふり》』と呼んだ、それと同様の『言葉遊び』です」

と説明した――。

実際にここでも、祀られているのは豊受大神の「荒御魂」だ。きっちりと封じ込められているというわけなのだろう。

雅は参拝を終えると石段を降り、地主神を祀っているという「土宮」と、やはり内宮にもある「風の神」級長津彦命《しなつひこのみこと》・級長戸辺命《しなとべのみこと》を祀る「風宮」をお参りして、今度は現在の参道――さっきより道幅の広い表参道を歩いて戻ることにした。

その前に「四至神《みやのめぐりのかみ》」を参拝。

こちらは、先ほど通り過ぎた五丈殿と九丈殿の建つ玉砂利が敷き詰められている庭の南側。周囲より少し高くなっている小さな砂利敷きの中央に一本の榊が立っているだけの神域だが、この神は外宮全体の守り神であり「四至」は、神域の四方を意味しているのだという。

〝でも……〟

雅は首を傾げる。

これも、ちょっと変だ。

「四至神」は「四（死）に至る神」なのではないだろうか。

その証拠に、祀られている神は「石神」だという。「石神」は「物言わぬ石にされてしまった神」であり、その状態を見た朝廷の貴族たちが「美《い》し美《い》し」と喜んだ神なのだから……。

雅は二の鳥居をくぐり、右手に広がる勾玉《まがたま》池を眺めながら思う。

それにしてもこの外宮には「縛られ」「締めつけられ」「石にされた」神々の痕跡が多く残っていないか。

いや、それよりも主祭神の豊受大神の境遇が不幸すぎる。羽衣を奪われて天に帰れずに地上でその生涯を終え、神になってからも天照大神に仕えなくてはならなかった天女。

その彼女のもとへ、怨霊神と思われる月読命が毎夜通っていた。

何か、怪しい臭いがプンプンする……。

雅は、一の鳥居をくぐると深く一礼して表参道火除橋を渡り、境外に出る。バス停前にそびえ立つ大きな二基の灯籠を眺めながら、さて次は——と考えたとき、携帯が鳴った。ディスプレイを見れば何と、金澤千鶴子！

雅は急いで「もしもし」と電話に出る。

「お久しぶりです！　お仕事は——」

尋ねる雅の言葉を遮って、千鶴子は尋ねてきた。

「今、どこにいるの？　今日明日辺りで伊勢に行くって言っていたでしょう」

はい、と雅は元気良く答える。

「今朝こちらに到着して、二見興玉神社と月夜見宮、そして外宮をまわってきたところです」

「収穫は、あった？」

「収穫というか……大きな謎がいくつも」

「へえ。面白そうじゃない」

千鶴子は笑ったけれど——。

難事件には名探偵。

金澤千鶴子は、うってつけではないか！

「実は、千鶴子さんに教えていただきたいことが……」

「いつでも喜んで。今でも良いわよ」

「でも、今日はお仕事だって」

「ドタキャンになっちゃったのよ。頭に来てる。一泊の予定だったからホテルも取ったんだけど、キャンセルしてもらったところ。厄落としに、どこか神社でもまわって京都に帰ろうと考えてた。そうしたら、急にあなたの顔が思い浮かんだから、今電話したの」

「それで今、どちらに？」

「名古屋よ」

「名古屋って——」

「伊勢まで、約一時間半。そっちまで行っちゃおうかな」

「わ、私は大歓迎ですけど――」

「今日は、そっちに泊まるんでしょう」

「はい。一泊します」

「じゃあ、私もそうするかな。明日の予定もなくなっちゃったし」

「えっ」

「あなたさえ迷惑でなければ」

「凄く嬉しいです！　でも本当に？」

「伊勢の神さまの前で嘘は吐けないわ」千鶴子は笑った。「どこに泊まるの？」

雅がホテルの名前を伝えると、

「分かった。じゃあ、私もその近くでビジネスホテルを探してみる。そうすれば、夕食もご一緒できるし」

「感激です！」

これ以上一人で伊勢をまわっても、解決できない疑問が雪だるま式に増えるだけのような気がしていた。かといって、ある程度まで自分で考えておかないと、御子神に電話で尋ねるわけにはいかない。

地獄に仏。渡りに船――いや、助け船。

「じゃあ、今から近鉄の駅に向かうわ。あなたは、これからどこへ？」

「ええと……」雅は、頭の中に地図を描きながら答えた。「倭姫命宮と、五十鈴川近くの月讀宮、猿田彦神社、そして内宮に行くつもりです」

「なるほど……。じゃあ、内宮で会えるわね。一緒にまわりましょう」

「猿田彦神社とかは？」

「もう何度も行っているから、大丈夫。ああ、そうだわ。倭姫命宮に行くなら、そのすぐ近くに倭姫命陵墓参考地という場所があるから、お参りしたほうが良い。宮内庁管轄になっているから、陵墓の側までは行かれないけれど、せっかくだからご挨拶したら良いかも」

「はい！」

「さっきまでとは打って変わって、わくわくしてきた」千鶴子は楽しそうに笑った。「あなたの疑問点も聞きたいしね。今日は内宮として、明日はどこをまわる予定？」

「今晩、検討しようと思っていました」

「じゃあ、ちょっと遠いけれど素敵な神社があるから、そこに行きましょう。伊勢の根源かもしれない神社」

「どこですか？」

「会ってから詳しく話すわ」千鶴子は再び笑う。本当に嬉しそうだ。「宇治山田駅に到着したら電話を入れるから、内宮前のバス停で待ち合わせましょう」

千鶴子は言うと、電話を切った。

やった！

雅の足取りも、急に軽くなる。

今までの情けなく心細い状況が一変した。

千鶴子と一緒に伊勢をまわれるなんて、想像もしていなかった。いろいろな話を聞かせてもらわなくては。きっと二見興玉神社や外宮の「千木・鰹木」の謎も解けるに違いない。

雅は伊勢市駅まで戻る。そこからタクシーに乗って、目的地をまわってもらうことにしたのだ。

当初は、路線バスを使おうと思っていたが、予定になかった「倭姫命陵墓参考地」なども入れなくてはならない。タクシーでまわってもらえば内宮へは、ちょうど千鶴子が到着する前後の時刻になるのではないか。再度、伊勢に来ることを考えれば、結局は安い。

それでもかなり予算をオーバーしてしまうが、その辺りのことは帰ったら考えよう。何か効率の良いバイトをするとか。

楽天的に考えて駅前でタクシーに乗り込むと、何ヵ所かまわってもらい最終的には内宮までお願いしますと告げる。

「最初はどこへ？」

と尋ねる運転手に、雅は千鶴子に言われたように「倭姫命陵墓参考地」と伝えた。

すると、

「へ？」運転手は雅を振り向いた。「倭姫命宮、ではなく？」

「はい」雅は答える。「その後で、倭姫命宮へ」

すると運転手は、

「まだお若いのに」と驚きながら、タクシーを発車させた。「ようそんな所へ」

「そう……ですか」

「そうですわ」運転手は、ハンドルを切りながら言う。「みなさん倭姫命宮に行かれて、近くの神宮徴古館やら美術館に寄られるゆうのが普通ですけど、いきなり陵墓に行かれるのは珍しいなあ思《おも》て」

「はあ……」

「ほんなら、倭姫命はんに関してご存知なんやねえ」

運転手は前を見たまま続けた。

「何しろ、垂仁《すいにん》天皇さんの皇女で、天照大神さんの御杖代やからね。初代の『斎宮《さいくう》』と言われとるんですわ。斎宮はご存知？」

「はい」

雅は、御子神の言葉を思い出す。

斎王・斎宮は、伊勢の神の「妻」。

さすがにこの辺りのタクシー運転手は、伊勢の歴史に詳しい。斎宮の説明を聞きながら雅が「お詳しいですね」と驚くと、運転手は笑った。

「何しろここらへんは伊勢神宮、天照大神様々ですから。この辺のもんは、神宮さんのおかげでこうして食わしてもろとります。それもこれも、倭姫命さんが天照大神さんを、この地に連れてこられたおかげですわ。ですから私ら地元の人間は、倭姫命さんに足向けて寝られませんわ」

正確に言えば微妙に違うけれど、間違いとも言えないので、雅は素直に頷く。

すると運転手は言った。

「そうでなけりゃ、こんな立派な街も綺麗な駅もできとらんし、第一、天皇陛下がいらっしゃらないでしょ。こんな日本の地の果てのような辺鄙《へんぴ》な所まで」

決してそんなことはないと笑いながらも、雅は話に耳を傾けた。

その土地に行ってタクシーに乗ると、こういうメリットがある。公の文書に決して載ることのないような、その地方の地元の人々の生の声を、こうして耳にすることができる。土地の人々の雰囲気も分かるし——玉石混淆《ぎょくせきこんこう》ではあるだろうけれど——とっても参考になる。

そうですね、と相槌を打つ雅に、興が乗ってきたのか運転手は、続けた。

「この陵墓参考地は、昭和の初めに決定されたんです。でも本当は、ここがもともとの倭姫命宮だったと言われとりますわ」

「えっ」雅は体を起こす。「そうなんですか」

「はい。祀られとるのが倭姫命さんなんやから、もっと立派な宮を造れちゅう命令が下されて、現在の場所に遷されたらしいですわ。いろいろと政治的な思惑があったんでしょうね。いや、これはあくまでも私ら地元の人間の噂話に過ぎませんがね。はい、着きました」

周囲の喧噪《けんそう》と少し距離を置いた静かな場所で、タクシーは停まった。道路と平行に、細く緩い登りの坂道があり、そのたもとに、

「倭姫命御陵」

と刻まれた低い石標が立っていた。ここは「尾部《おべ》古墳」あるいは「尾上《おべ》御陵」と呼ばれているらしい。

坂道を登って行くと正面に、

「金刀比羅《ことひら》神社」

「神落萱《かみおちがや》神社」

と刻まれた、少し新しそうな社号標も立っている。

金刀比羅神社は、もちろん香川県の「金刀比羅神社」を勧請したものだろうが「神落萱神社」は分からない。そこには、大物主《おおものぬし》神を主祭神として、宇迦之御魂《うかのみたま》神、三輪《みわ》大神、神落萱神、そして倭姫命が祀られているという。この社は、もとは廃寺になってしまった「常明寺《じょうみようじ》」という寺の鎮守だったというから、そんなことも関係しているのだろうか。

しかし今日は鳥居の手前から遥拝させていただいて、倭姫命の御陵に参拝する。

「宇治山田陵墓参考地」

と墨書された駒札《こまふだ》を左手に見上げながら石段を数段登って、瑞垣で囲まれた空間に入ったが、正面の瑞垣の中央には鉄柵がぴったり閉じられ、もちろんそれ以上進むことはできない。

覗き込めば、どこかの庭園のような緑の木々が茂る中を、縁石に縁取られた砂利道が、右に左にと緩いカーブを作りながら続いていた。

この先に古墳——陵墓があるのだろうが、確かにここが昔、宮だったとしても全くおかしくはない雰囲気はある。何代目の「倭姫命」かは分かりようがないが、初代斎宮という大役を終えられて、静かに眠られているのだろう。

一説では、東国征伐に出かける際に伊勢に立ち寄った甥、日本武尊《やまとたける》に、宝剣・草《くさ》薙剣《なぎのつるぎ》を与えたともいわれているが、何故そのとき、剣が倭姫命の手元にあったかは大きな謎——。

雅は、鉄柵の前で深々と一礼してそこを後にした。

タクシーに戻ると、次に倭姫命宮に向かってもらう。

時間があればすぐ近くにある神宮徴古館や、神宮農業館や、神宮美術館や、神宮文庫にも足を運びたいところだけれど、今回はとても無理。それらを見てまわるだけで、たっぷり半日以上かかってしまう。やはり、伊勢は奥深い……。

倭姫命宮には、すぐ到着した。

徴古館近くの裏参道から入ったほうが正殿まで近いということで、タクシーには駐車場で待っていてもらって、雅は宮へと進む。


「皇大神宮別宮　倭姫命宮」


と書かれた社号標を眺め、鳥居の前で一礼して境内に入った。

するとこちらも月夜見宮と同じく、参道はすぐ目の前で腰ほどの高さに積まれた石垣に突き当たった。そこで、そのまま左に折れ、右手に向かって大きくカーブしている砂利道を歩く。道はいわゆる「下《くだ》り参道」で緩い下り坂。道なりに進んで行くと遥か前方突き当たりに手水舎が見えた。

左手から進んでくる道が表参道のようだったが、その道も緑の中を右に左にとカーブしているらしく、入り口の鳥居は見えない。

雅は、手水を使うと右手へと進む。すると、

〝綺麗……〟

思わず目を見張ってしまった。

薄暗い杜《もり》を抜けた先に空間が開け、左側には真っ白に輝く玉砂利の奥に、小さな社がポツリと建っている。古殿地――新御敷地だ。その右手に建つ正殿に、照明を浴びた舞台のように日が燦々《さんさん》と降り注いでいた。

雅は、正殿前の石段を登ると鳥居前で一礼して、白い玉砂利を踏んで参拝した。

参拝後、少し横にずれて確認すれば、屋根の千木は女千木、鰹木は六本という、女神を祀る造りになっていたので、意味もなくホッとする。

戻り道で、社務所――宿衛屋《しゆくえいや》で尋ねてみた。ひょっとすると、現在のこの裏参道が本来の参道ではなかったのかと感じたのだ。

月夜見宮と同じような造りであれば、倭姫命も「怨霊」になる。今のところそんな状況証拠すらないけれど、もしかしたら……。

しかし、そんな雅の推測に反して、やはり表参道は表参道、裏参道は裏参道だとい

う。予想が外れた、と心の中で苦笑いする雅に、

「でも」と神職は言った。「もともとは、徴古館の前に通っている道も、この宮の参道だったと言われています。なので、どちらがどちらという話ではなかったんでしょう」

その道は、今タクシーでやってきたばかり。

そうなると、表参道・裏参道ともに、徴古館前の参道をほぼ直角に折れてから、倭姫命宮の鳥居をくぐることになる。そしてうねりながら、あるいは直角に折れて、参道を進む……。

やはり、倭姫命宮が「怨霊」と目されている可能性が出てきた。その理由は全く想像がつかないが――。

タクシーに戻ると、雅は次の月讀宮に向かってもらう。字は違うけれど、読み方は同じ「つきよみのみや」だ。

出発すると、早速運転手が口を開いた。

「もうすぐ国道二三号線とぶつかりますけどね、本当はその道が、国道一号線だったんですわ」

「へえ……」雅は驚く。「国道一号線って、昔の東海道みたいに、東京から京都・大阪まで行く道路じゃなかったんですか？」

「最初は、天皇陛下が東京から伊勢神宮まで行かれる道――いわゆる『御幸《みゆき》道路』、あるいは『御成《おなり》街道』が、国道一号線だったんです。何と言っても、伊勢市で一番古い舗装道路ですし、今でも皇族方はこの道を通って参拝されとりますから」

「そうなんですね……」

「ところが終戦後に、今お客さんがおっしゃったように、東京から大阪まで通じてる道に取って代わられてしまったんですわ。そして、こっちは豊橋から伊勢神宮までの道になってしもて。しかも『二三号』なんていう、微妙な番号で」

「そんな……」

苦笑いする雅に、

「ああ、そういえば」運転手は言った。「倭姫命宮の近くに、古い石の道標が立ってませんでした？」

「すみません、見落としました。何と書かれた道標だったんでしょう」

「『古市へ二町』と刻まれとる」

「古市《ふるいち》……」

「ここから少し西に行った所に、古市ちゅうとこがあります。知っとる？」

はい、と雅は答える。

「有名な遊郭ですよね。大学の授業でも習いました」

「ほんなら良かった」運転手は、ホッとした顔で雅をチラリと覗き込んだ。「若い女性のお客さんに向かって、なかなかこんな話できませんから。でも、知ってはるなら良かった」

「十返舎一九《じっぺんしゃいっく》の『東海道中膝栗毛《ひざくりげ》』や、歌舞伎の『伊勢音頭恋寝刃《いせおんどこいのねたば》』や、その他数多くの浮世絵で有名ですから。あと、いろいろな説がありますけど『日本三大遊郭』の一つだって」

「へえ。お詳しいですね」運転手は驚く。「もしかして、そんな勉強をされとるんです？」

「ええ、まあ……」

曖昧に誤魔化《ごまか》す雅に、運転手は続けた。

「江戸時代になると『一生に一度は伊勢参り』なんて言って、大勢の人が来られたんですわ。でも大半の人たちの目的はお参り後の『精進落《しょうじん》とし』やったらしいです。もちろん、ちゃんとお参りが目的で来られた方々もいらっしゃったようですがね」

そんな話も聞いたことがある。

『東海道中膝栗毛』では、確か伊勢に到着した弥次郎《やじろう》と喜多八《きたはち》は、神宮参拝前に妓楼に上がってしまったのではなかったか。

それほど参拝者に大人気だったため、江戸川柳《せんりゅう》では、

伊勢参り大神宮にもちょっと寄り

などと詠まれている。本来の目的がどっちなのか分からなくなってしまっているという意味だ。

「それで」運転手は言った。「古市には今も、泊まれる旅館が残っとるんです。『麻吉《あさきち》』っていう、五階建ての旅館です」

「五階建て！」

「いえ、長い石段に沿うように、段々に建てられてます。今の建築法じゃ、絶対に通らんでしょうね」運転手は笑う。「温泉もないし、やけに古い旅館ですけど、そういった建物が好きな人や、外国からのお客さんが好んで泊まっとるそうですよ。近くに古市の資料館もありますし、もしご興味があればと思《おも》て」

「ありがとうございます」

雅は礼を言った。

伊勢参りと遊郭は、切っても切れない関係にある。しかも、男女ともにだ。

当時は芝居小屋や遊郭はもちろん、女性向けの——今で言うホストクラブのような店も並んでいたという。しかも、そういった店の若い男性は、男性客の相手もしたというから驚いてしまう。

また、江戸時代には駆け落ちした男女は、ほとんどと言って良いほど伊勢を目指した。神宮に逃げ込みさえすれば、何とかなるというのだ。

つまり伊勢は、治外法権の土地だった。自分のもとにやってきた人々に関しては、誰からも有無を言わせない「神」が鎮座していたのだ。

それはもちろん、天照大神ではない。

朝廷——貴族や天皇までもが恐れおののいた「伊勢の大神」が坐《いま》したのだ。

やがてタクシーは、国道二三号線沿いに鎮座する月讀宮に到着した。同じように、正宮に近い駐車場で待っていてもらい、すぐに参道に入る。

「皇大神宮別宮　月讀宮」

と書かれた社号標を眺めてその先の鳥居をくぐると、入ってすぐ右手、石段を五段ほど登った場所に鎮座している「葭原《あしはら》神社」にご挨拶する。こちらの社の祭神は、

佐佐津比古命《ささつひこのみこと》
宇加乃御玉御祖命《うかのみたまのみおやのみこと》
伊加利比売命《いかりひめのみこと》

の三柱《みはしら》で「宇加乃御玉御祖命」＝豊受大神ということ以外、詳細は分かっていないらしい。

水野の意見を聞くまでもなく「佐佐」は「砂々《ささ》」で「鉄」を意味しているだろうし、「伊加利（イカリ）」――怒り（?）という名称も空恐ろしい。しかし、どちらにしても謎の神らしい。

社殿は今までの社と同様に、切妻造り・平入りの神明造り。ただ、この社も正面の扉から何から隙間ない瑞垣で、しっかりと囲まれていた。外に出してはならない神、

ということはおそらく「怨霊」。

雅は、一段高い場所に建てられた鳥居をくぐって参拝したのだけれど……見れば、千木は内削ぎで鰹木が四本という、女神を祀る造りになっていた。とすると、やはり「宇加乃御玉御祖命」——宇迦之御魂神が中心となって祀られているのだろう。

雅は参道に戻ると、左手から合流してくる参道を進み、正宮へと出た。そこには四殿がずらりと立ち並び、手前に立てられた駒札には、

「月讀宮から順にお參り下さい

月讀荒御魂宮　二

月讀宮　一

伊佐奈岐宮　三

伊佐奈彌宮　四

」

と書かれている。

この場所には、月読命の父神である伊弉諾尊《いざなぎ》と、母神であった伊弉冉尊《いざなみ》も祀られて

いるようだった。

雅はその駒札の指示どおり、四殿のうち右から二殿めの「月讀宮」から参拝する。社殿の前の鳥居をくぐって、白い大きな玉砂利を踏んで参拝し終えたのだが、目を上げると千木は――。

〝水平の内削ぎ……女千木？〟

しかも、

〝鰹木が六本……〟

さっきも確認したように、月読命は男性神ではなかったのか？

いや、それぱかりではない。

他の三殿も、全てが女神を祀る造りになっているではないか。

どう考えても性別を間違えようのない伊弉諾尊までも！

やはり、ここ伊勢では、

「女千木・男千木」

「鰹木偶数本・奇数本」

という、主祭神の性別で社殿を造るという「女神・男神」のルールが通用しないのだろうか？

いや、それ以前に、こんな近い場所に鎮座している「月読命」が、片や男性神、もう一方の宮では女性神として祀られているのも不可思議すぎる。

〝どういうこと……〟

雅は、頭を抱えながらタクシーに戻った。

とにかく次は、猿田彦神社と佐瑠女神社。

「お願いします」

頭を振りながら告げると、雅は深々とシートにもたれた。


タクシーは御幸通りを走る。

何気なく窓の外を眺めていた雅に、運転手は言った。

「そういえば、いつやったかね。ここの道端に並んでる石灯籠に、何か変わったマークが刻まれてるちゅう話がありましてね。私らは特に興味ないから、車を停めて覗いたりしませんけど、観光客の人たちが何人かで写真を撮っていたりしてました」

「もしかしてそれは……」雅は尋ねる。「六芒星《ろくぼうせい》――ダビデの星とか？」

「はあ。その、何とかってマークだって言ってたかなあ」

やっぱり。

ダビデの星は、ユダヤの紋章。

日本人とユダヤ人は、ルーツが同じなので、日本の神の中心・根源である伊勢神宮の、外宮と内宮を結ぶ道に立つ石灯籠に「ダビデの星」が刻まれているという話もあった。いわゆる「日《にち》ユ同祖《どうそ》論」だ。

ちょっと聞くと、いわゆるトンデモ論のような話だが、これが意外と奥深い——。

「日ユ同祖論」は、明治初年に日本に滞在していたスコットランド人の、ノーマン(ニコラス)・マクラウドが提唱した論で、日本人の祖先は、二千七百年ほど昔にアッシリア人に追放されたイスラエル人——いわゆる「失われた十支族」の一氏族だとする説だ。彼は、その証拠を次々に挙げた。

日本とイスラエルの習慣の数々の同一性。神社と古代イスラエル神殿の共通点。ユダヤ教と修験道など、祖先崇拝・太陽神崇拝といった信仰の酷似。イスラエルの公用語であるヘブライ語と日本語(大和言葉)の類似点——。

その後、何人もによって、日本の神のユダヤ人的特徴や、わが国でも謎とされている「三柱《みはしら》鳥居」は、キリスト教の「三位一体」を表している、などなど……さまざまな例で溢れかえった。

そんな中、物証の一つとして、伊勢や元伊勢・籠神社《このじんじゃ》に六芒星が残されていたというものがある。

今の話のように、伊勢神宮の内宮から外宮に至る参道の石灯籠には、ユダヤの紋章である「ダビデの星」が刻み込まれている。元伊勢・籠神社の奥の院・真名井《まない》神社の裏家紋も、六芒星――ダビデの星だったなど……。

また、神社そのものに関しての類似点もある。古代イスラエル神殿は建築後に「賽銭箱」が備えられた。しかも、神殿前には「狛犬《こまいぬ》」のように、対のライオン像が置かれていたという。

そして「日ユ同祖論」によれば――、今向かっている猿田彦神社の主祭神・猿田彦神も、ユダヤ人という話になるらしい。高鼻・赤ら顔の風貌が、ユダヤ人そっくりだというのだ。そうなると、猿田彦神がモデルといわれる「天狗《てんぐ》」までが、ユダヤ人になってしまう。

〝そんなバカな……〟

言語に関しては、イスラエルのユダヤ人言語学者のヨセフ・アイデルバーグが、大胆な題名の著書『大和民族はユダヤ人だった』で類似点を指摘しているけれど、言語の相似は、どこの国の間でもよく見られるし、日本に関しては中国・韓国の言語のほうが類似点は遥かに多いだろう。

ただ——。

十年ほど前に「万葉集は古代朝鮮語で読める」という説が話題になった。

これに関しては、日本と韓国の学者たちの間で大論争が巻き起こったが、結局、大勢の日本の学者たちによって否定された。

『万葉集』の時代——七、八世紀まで遡った古代朝鮮語自体が、判明していないのに、同じ時代の「大和言葉」を、はっきりしない古代語で一体どうやって読み解くのだ、そこでは何語が根拠になるのだという、全くもっともな反論で「万葉集＝古代朝鮮語」説は、完全に論破されてしまった。

確かにそのとおりで、強いて例えれば『源氏物語』や『枕草子』を、全て「現代語」で読み解いてゆくようなものだ。宮廷の「女房」は「妻」となり、「をかし」は「可笑し」か「お菓子」？

でも——。

双方の論を読みながら、雅は感じたことがある。

確かに『万葉集』が、古代朝鮮語のみで書かれているというのは、あり得ないとしても、果たして全否定してしまって良いものなのだろうか？

たとえば現代の日本語の会話や歌などでは、わざと所々に英語やフランス語などの他国の言葉を使ったりする。歌詞の中に英語のワンフレーズが入っていたとして「歌詞は全て英語で書かれている！」あるいは逆に「そのフレーズも日本語だ！」などと主張する人は、一人もいないだろう。

当時の日本にも数々の言語が流入していたことは間違いないのだから——それを持統天皇や柿本人麻呂が用いて歌を詠んだかどうかは全く別問題として——当時の貴族たちが「教養」や「遊び」として他国語を取り入れた可能性は、非常にあり得るのではないか。

だから、必ずしもどちらかが間違いという話ではなくて、

「百パーセントどちらかだ」

という考え方が間違いなのでは？

雅は、そんなふうに納得していた。

この辺りの話も、千鶴子に訊いてみよう。彼女は、どう思っているのだろう。

本当に、千鶴子が来てくれて良かった。

雅は心からホッとしながらシートに寄りかかり、資料を広げて視線を落とした。

今向かっている社の主祭神・猿田彦神は「猿田毘古《びこ》神」「猿田毘古大神」「猿田彦

命」などと呼ばれている。

この『猿』の表記に関して「猨《さる》」という文字は、漢《かん》や魏《ぎ》のころまでは多く使われていたが、唐や宋《そう》以降は、多く『猿』を用いる。そのため現在も「猿」と「猨」が混在しているけれど、ややこしくなってしまうので「猿田彦神」で通しておくとして、『記紀』では、猿田彦神がどう書かれているかというと――。

『古事記』では、天孫・瓊瓊杵《ににぎ》尊が、高天原から天降りしようとしたときに、

「天《あめ》の八衢《やちまた》に居て、上《かみ》は高天原を光《てら》し、下《しも》は葦原中国を光す神ここにあり」

と、きらびやかに登場している。そこで、天照大神たちに命ぜられた天鈿女《あめのうずめ》命が、その者に「誰だ」と尋ねると、

「僕《あ》は国つ神、名は猿田毘古神なり」

と名乗り、瓊瓊杵尊の天降りを聞いたので、先導しようと思ってお迎えに来たと答えた。また『書紀』は、もっと具体的だ。

一柱の神が、

「天八達之衢《あまのやちまた》に居《お》り。其の鼻の長さ七咫《ななあた》、背《そびら》の長さ七尺余り。当《まさ》に七尋《ひろ》と言ふべし。且口尻明《またくちわきあか》り耀《て》れり。眼《め》は八咫鏡《やたのかがみ》の如くして、絶然《てりかかやけること》赤酸醬《あかかがち》に似《の》れり」

とある。

『古語拾遺《こごしゅうい》』でも、ほぼ同じ。

「一《ひとり》の神有りて、天八達之衢《あめのやちまた》に居《お》り。其の鼻の長さ七咫《ななあた》、背《そびら》の長さ七尺《ななさか》、口尻《くちしりて》明り曜《かかや》き、眼《まなこ》八咫《やた》の鏡の如し」

つまり、鼻の長さは一メートル以上、身長も二メートル以上、目は赤酸漿《ほおずき》のように爛々と輝いているという、恐ろしい姿だ。そこで、天鈿女が遣わされ「猿田彦大神」という名前を聞き出すと猿田彦神は、

「吾先だちて啓《みちひら》き行かむ」

と言い、尊たちを先導するためにやってきたのだと告げた。

そこで天鈿女が『皇孫《すめみま》』は、どこに行くのか、そして、あなたはどこに行くつもりなのかと尋ねると、

「天神の御子は、筑紫の日向の高千穂の槵触峯《くじふるのたけ》に。私は、伊勢の狭長田《さなだ》の五十鈴《いすず》の川上に行くでしょう」

そのため猿田彦神は「導きの神」と呼ばれるようになった。

この話から「猿田彦」という名前は、もともとは「狭長田彦」だったのではないか、という説もある。あるいは、この名前の意味の一つとして、琉球《りゅうきゅう》語で先導を表す『さだる』が『さるた』になったという説がある。

さらに『さるた』は地名で、伊勢の狭長田《さなだ》、あるいは佐那県《さなあがた》や、佐多《さた》岬に関係があるという説もあって、結局、神の名前の意味は「不詳」というのが定説だ。

しかし現実的には、人間に次ぐ高等動物ではあるものの、わが国における歴史・民俗・伝承の中では『人間に次ぐ』という面が、かえって『人間より劣る』あるいは『人間以下』という面で強調され、語り継がれてきた感がある。

これに関して沢史生《さわしせい》は、

『神々の世界で、神としてはことごとに嘲笑の対象とされ、果ては王権のさし向けた女間者に、色仕掛けで殺されてしまったサルダヒコ（猿田彦）のごときは、その典型的存在であった』

と言う。

そんな話を、京都で千鶴子から聞いた。

猿田彦神は天鈿女命に殺され、さらにその天鈿女命も朝廷に殺害されてしまったのだと——。

そして「色仕掛け」というなら。

そのとき、猿田彦神を懐柔した天鈿女命の仕草に関して『書紀』には、

「胸乳《むなぢ》を露《あらわ》にかきいでて、裳帯《もひも》を臍《ほぞ》の下《しも》に抑《おし》れて」

やはり『古語拾遺』も、

「其の胸乳《むなち》を露《あらわ》にし、裳帯《もひも》を臍《ほぞ》の下に抑《お》し下《た》れて、向ひ立ちて咲嘘《あざわら》ふ」

と記されている。

胸を顕わにし、腰紐を臍《へそ》の下——陰部まで垂らし、さらにその後、わざと嘲笑ったという。だから、これを「ストリップの起源」だと言う人もいるそうだ。

しかし、猿田彦は巨体の持ち主で、眼力も尋常ではなかった。というのも『赤《あか》酸醤《かがち》』の目というのは、八岐大蛇《やまたのおろち》の目と同じだ。そこで天鈿女は、ストリップもどきの仕草で猿田彦神を蕩《とろ》けさせた。そういう性的な仕草は、強力な眼力を封じると、当時から信じられていたからだ。

その辺りも改めてもう一度文献に当たってみよう、と雅が思ったとき、

「はい、お客さん。着きました」

運転手は言って、神社正面鳥居真ん前の「タクシー専用駐車場」に車を停めた。

《猿田彦神社の蠱《まじ》もの》

雅は「猿田彦神社」と厳めしく刻まれた社号標を左手に眺めながら（今日、久しぶりに見た気がする）狛犬たちの間に延びる参道を歩く。

倭姫命宮や月讀宮とは打って変わって、大勢の参拝者で賑わっている。内宮から近いせいもあるのだろう、見るからに内宮参拝帰りの人たちが大勢いた。

雅は、大きな鳥居手前の手水舎に向かう。この手水舎の屋根を支える柱は八角形。境内入り口に立つ大鳥居の太い柱と同じだ。

ここの祭神――猿田彦神は方位を司っているといわれているため、それを示す「八角形」が、神社の至る所に用いられているのだという。雅はあまり詳しくないが「九星学」や「風水」などで用いられる「方位盤」の八角形を表しているらしい。

口と手を清めると、一揖《いちゆう》――軽く一礼して、大鳥居をくぐる。

この大鳥居も変わっていて、額束のない神明鳥居なのだけれど、鳥居の一番上に載っている笠木とその下の部分の島木の太さが、通常の鳥居と逆だった。どっしりとした島木の上に、一回りほど細い笠木が載っている。

その笠木と島木の端——木口《きぐち》は「伊勢神明鳥居」を表す五角形の断面になっており、それぞれに装飾が施されている。笠木の木口には、猿田彦神社の神紋である「五瓜《ご》に梅鉢」が、島木の木口には、それをアレンジしたような文様が金細工で飾られていた。

この「五瓜《か》に梅鉢《うめばち》」は、素戔嗚尊を祀る京都・八坂神社の神紋である「木瓜《もっこう》」——「五瓜に唐花《からはな》」と、とてもよく似ている。もしかすると何か繋がりがあるのかもしれないと思って由緒板を読む。

「猿田彦大神は天孫瓊瓊杵命をこの国に御案内された後、ここ伊勢の狭長田《さなだ》五十鈴の川上の地を中心に国土の開拓・経営に尽くされた地主神と伝えられています。

また大神の御裔《みすえ》の大田命《おおたのみこと》は、皇女倭姫命が神宮御鎮座の地を求めて巡歴されたときに大神以来護り続けてこられた聖地を献《たてまつ》り、伊勢の神宮が創建されました。当社はその直系の子孫が祖神を祀ってきた神社であります。

大神は全てのことに先駆け、人々を善い方に導き、世の中の行方を開く『啓行《みちひらき》』

の神として識られています」

——云々とあり、特に素戔嗚尊に関しては触れられていなかった。ちなみに、あらかじめ入手しておいた由緒書にはこうある。

「主神　猿田彦大神
相殿　大田命
猿田彦大神は天孫降臨のとき、天八衢《あめのやちまた》に待ち迎えて、啓行《みちひらき》をされ、天孫を高千穂《たかちほ》へと導かれてから、天宇受売神に送られて、伊勢の五十鈴の川上に来られ（中略）日本書紀にも伝えられているとおり、大神本拠の地であり大神の末孫宇治土公《うじとこ》家の累代奉仕する最も特色ある本社であります（後略）」

あるいは、

「大田命は猿田彦大神の御裔《みすえ》の神で、第十一代垂仁天皇の御代、皇女倭姫命が神宮御鎮座の地を求め諸国を巡り伊勢に到着されたときにお迎えし、大神以来守護してきた五十鈴の川上の霊域を献上されました。そして、そこに皇大神宮（内宮）が創建されたと伝えられています。

大神と大田命の子孫である宇治土公《うじのつちぎみ》はその後、神宮において代々『玉串大内人《たまぐしおおうちんど》』という特別な職に任ぜられ（後略）」


その結果として、猿田彦神の子孫である宇治土公氏が宮司となり、猿田彦神を代々奉祀する「本社《もとやしろ》」だと書かれていた。大体同じだ。猿田彦神は天孫を導き、その子孫である大田命が、天照大神に自分の土地を差し出し、そこに神宮が造られた。

まさしく、猿田彦神の子孫は、天照大神たちに土地を奪われたということではないのか。散々「巡幸」という名の流浪を続けてきた天照大神たちは、伊勢から猿田彦神の子孫を追い出して、そこに住まわった。当然その時には、激しい戦いもあっただろう……。

雅は複雑な思いで境内に入ると、立派な拝殿の前にチョコンと置かれている八角形の石柱に近づいた。

腰のあたりまでの高さのこの石柱は「古殿地《こでんち》」で、昭和十一年（一九三六）の本殿造営まで、ずっとここに神殿が置かれていた跡なのだという。神社でも特別な場所と考えられているようで、石柱の周囲は木の柵でしっかりと囲われている。

上から覗き込めば、中心に「古殿地」と大きく刻まれ、その周囲は八角形の方位盤になっていた。しかも八方位がそれぞれ三分割されている、いわゆる「二《に》十四山《じゅうしざん》」なのだろう。

「子・丑・寅・卯・辰・巳・午・未・申・酉・戌・亥」の十二支と、十干《じっかん》からは「甲・乙・丙・丁・庚・辛・壬・癸」の八つと、そして「乾《いぬい》・艮《うしとら》・巽《たつみ》・坤《ひつじさる》」の四方位を加えたもので、三百六十度を十五度ずつに区切っている、中国伝来の方位盤だ。

ここでは、その方位盤に刻まれている自分の干支に手を置いて願い事をすると叶うとか、撫でるだけでも御利益があるといわれていて、それぞれの干支の場所に五円玉や十円玉がお供えされていた。しかし雅は（パワースポットと同様に）余り興味がなかったし「方位」に関してはあまり詳しくはなかったので、ただ眺めるだけにして拝殿へと進んだ。

参拝後、脇にまわって、特殊な切妻造とされている「二《に》重破風妻入造《じゅうはふつまいりづくり》」——いわゆる「さだひこ造」の本殿を見上げた。

すると、またしても雅は自分の目を疑い絶句する。

〝なんでなの……〞

ここは「猿田彦神社」。

そして、間違いなく主祭神は「男神」。

なのに――。

〝女千木〞

屋根の端の千木は、垂直ではなく、綺麗に水平に切られている「内削《うちそ》ぎ」。

八角形に造られているという特徴的な鰹木の本数は確認できなかったけれど、おそらく偶数本のはず。

どういうこと？

雅は、青空をバックにして輝く「女千木」を呆然と眺めた。

猿田彦神を祀っている二見興玉神社の本殿も「女千木」だった。『記紀』を始めとする書物で、ここまではっきり「男神」として書かれている猿田彦神が、実はまさか「女神」？

それともやはり「男千木・女千木」は、祀られている神と無関係で、神社で勝手に飾っているとでもいうのか。もしもそうだとしたら、どうして「男千木・女千木」などという風習や呼び名が、現在まで残っているのだろう？　実際に、出雲や京都を始めとする他の地域では、ほぼきちんとルールが守られていたというのに、日本の神々の根源ともいえるこの伊勢だけは、その法則が通用しないのか……。

雅は、くらくらする頭を抱えながら本殿を後にする。

本殿後方にも、毎年豊作を祈って早苗を植える「御神田《おみた》」や、明治十年に宇治土公家の長女として生まれ、女流日本画家として活躍した伊藤小坡《いとうしょうは》の作品を中心に展示する「伊藤小坡美術館」や、宇治土公氏を称えた本居宣長の歌碑が建っているらしいのだが、雅は大鳥居横に鎮座する佐瑠女《さるめ》神社に向かった。

祭神はもちろん、天鈿女命。

八角形の鳥居柱と、大鳥居と同じような造りの島木と笠木を持つ白木の鳥居をくぐると、神殿前には白く「舞鶴《まいづる》」の神紋が染め抜かれた紫の神殿幕が掛かっている。

正面には「佐瑠女神社」と書かれた額が飾られ、千木はもちろん女千木。ここは雅もホッとする。

社の左右には、赤字で「さるめ神社」と書かれた何本もの幟が奉納されており、芸能人や映画監督などの名前も多く見られた。由緒書きにもあるように、天鈿女は天照大神が隠れられた岩戸の前で踊り、世界に再び光をもたらしたということで「芸能の神」として尊崇されているようだ。

さらに由緒には、

「元気で明るく、おおらかな女性の神様として、自立し誇りをもって生きようとする人々にとって大切な存在でもあります」

とあった。

でも……。

雅は、再び首を捻った。

猿田彦神の跡を継いで猨女君《さるめのきみ》となったのに、

〝神紋が違っているのは、なぜ〟

結婚して夫婦神になれば、神紋は同じになるのではないか？　もしくは二つ持つ。

しかも、この佐瑠女神社は——さっきも不思議に感じたように、大鳥居の外。

もっと言えば、猿田彦神社の本殿と並び建っているわけでもない。

また「本殿と向かい合って建っている」と書かれている資料もあるけれど、実際に来てみれば一目瞭然。古殿地——過去の神殿の場所とも向かい合っていない。

余りにもおかしな造りではないか。これで「夫婦神」といえるのだろうか。

出雲では、わざと背中合わせに建てられている神社を見たことがあるけれど、ここでも「夫婦神」であるはずの猿田彦神と天鈿女命は、お互いにそっぽを向いているではないか……。

そういわれれば、佐瑠女神社の神徳も怪しい。

俳優《わざおぎ》・神楽・芸能・魂鎮めは良いとして、

〝縁結び……〟

昔、水野に教わった言葉が、雅の頭の中に甦る。

「神様は、自分が叶わなかった望みや、自分たちを襲った不幸が我々に降りかからないようにしてくれるのです。それが、いわゆる神徳であり、御利益です」

水野は一息つくと続けた。

「若くして命を落としてしまった人は『延命長寿』の神となり、愛する人との離別を経験した人は『恋愛成就』『縁結び』『家庭円満』の神となり、財産を不当に奪われてしまった人は『商売繁盛』『金運上昇』の神となり、国や土地を奪われてしまった人は『国土安穏』の神となり、海で亡くなった人は『水難除け』『海難除け』の神徳を持つ神様になります。現在では、さまざまな『神徳』が後づけされているようですが、本質はそういうことです」

この水野の理論で行くと、猿田彦神と天鈿女命は「縁を結ばれなかった」、夫婦和合ですらなかったことになる。

沢史生の言葉を思い返す。

「王権のさし向けた女間者（天鈿女命）に、色仕掛けで殺されてしまったサルダヒコ（猿田彦神）のごときは、その典型的存在であった」

やはり猿田彦神は、天鈿女命に殺害されたのだ。だから並んで祀られていないし、社も向き合っていない。それどころか境内の外、鳥居の横に建つ神紋も別の神社に、天鈿女命は祀られた——。

しかし。

「御由緒」の後半に書かれているように、猿田彦神は、

「佐田《さた》大神、千勝《ちかつ》大神、白鬚《しらひげ》大神、道祖神《どうそじん》、さいの神、庚申《こうしん》さま等々として津々浦々にお祀りされますが（後略）」

と、さまざまな名前を持っていて、このうちの「道祖神」を考えてみれば、基本的に夫婦神が仲良く手を繋いだり抱き合ったりしている像が多くいる。

男性神が猿田彦神とするならば、当然、女性神は天鈿女命。こちらは、とても仲睦まじいことになる。

雅の頭は混乱する……。

雅は頭を振りながらタクシーに戻ると、次の目的地である皇大神宮——内宮に向かってもらった。

猿田彦神社から内宮までは、一キロ少し。タクシーで三、四分だというから、もう目と鼻の先。

雅が後部座席で荷物や資料の整理をしていると、携帯が鳴った。

千鶴子だ。早速出ると、今、宇治山田駅に到着したという。バスの時間を見てみて、もし良い時間帯がなかったらタクシーで向かう。どちらにしても、あと二十分ほどで到着するとのこと。

雅も、もう内宮が見えてきた。そんなことを告げて、内宮前のバス停で待っていますと約束し、携帯を切った。

さあ、いよいよだ！

千鶴子に尋ねたいことが、盛りだくさん。

内宮は一体、どんな顔を見せてくれるのだろう。

内宮前に到着すると、雅はわくわくしながらタクシー料金を支払い、

「どうもありがとうね」

と言う運転手に「こちらこそ」と感謝の意を告げた。


内宮は、もう目の前だった。

雅が降りた国道二三号の終点からは、宇治橋も窺えなかったが、遥か後方、緑茂る山々から続く鬱蒼とした森を背景に、神宮は鎮座しているのだろう。西行のように「かたじけなさに涙こぼるる」とまではいかないけれど、意味もなく胸がドキドキして、ここには神様がいらっしゃるに違いないと確信してしまう……。

雅は、千鶴子と待ち合わせているバス停まで歩いて移動した。

時刻表を覗けば、バスの到着までもう少し時間があるようなので、天照大神・倭姫命巡幸の記録を取り出して、確認しておくことにした。

実際に『倭姫命世記』『皇太神宮御杖代《みつえしろ》聖趾』『大神宮本紀』などに残された巡幸地

を眺めると、やはり凄い。これは確かに「巡幸」ではなく「流浪」という方がしっくりくる。

雅は念のために、巡幸地を順番に一ヵ所ずつ目を通す——。

一、崇神天皇六年九月。
倭《やまと》の笠縫邑《かさぬいのむら》。

「皇女、豊鍬入姫命《とよすきいりひめ》をして斎きまつらしむ」。

ここは、奈良県桜井市・檜原《ひばら》神社とされる。雅も行った大神《おおみわ》神社の摂社だ。

二、崇神三十九年。
但波《たには》（丹波）の吉佐宮《よさのみや》。

「遷幸《みゆきなり》まして」この宮に四年。ここは、天橋立からフェリーに乗って十五分ほどの場所にある、京都府宮津市の元伊勢《もといせ》・籠神社《このじんじゃ》とされるが、この一ヵ所だけ遠方に存在しているので、また別の説もある。

三、崇神四十三年。

倭国《やまと》の伊豆加志本宮《いつかしもと》に八年。

奈良県桜井市、長谷寺近くの与喜《よき》天満神社とされている。雅たちも近くまで行ったが、長い石段にめげてしまい、直接の参拝はしていない。

四、崇神五十一年。
木乃国《きの》(紀伊国)の奈久佐浜宮《なくさはま》に三年。和歌山県和歌山市の、紀伊国一の宮である日前《ひのくま》・國懸《くにかかす》神宮とされる。八咫鏡に先だって造られた「日像鏡《ひがた》」と「日矛鏡《ひほこ》」の神霊を、それぞれ祭神としていて、そのため両神は、天照大神と同体といわれている。

五、崇神五十四年。
吉備国《きび》の名方浜宮《なかたはま》に四年。

岡山県岡山市、岡山駅から徒歩で二十分ほどの場所に鎮座している伊勢神社とされている。

六、崇神五十八年。
倭国の彌和乃御室嶺上宮《みわのみむろのみねのうえ》に二年。奈良県桜井市、大神《おおみわ》神社とされていて、ここからは倭姫命が天照大神に付き添って行くことになる。

七、崇神六十年。
大和国の宇多秋宮《うたのあきのみや》に四年。
奈良県宇陀市の、阿紀《あき》神社とされる。

八、その後。
佐佐波多宮《ささはたのみや》(滞在年数不明)。
奈良県宇陀市の、篠畑《ささはた》神社とされる。

九、崇神六十四年。
伊賀《いが》国の隠市守宮《なばりのいちもりのみや》に二年。
三重県名張《なばり》市の、宇流冨志禰《うるふしね》神社とされる。

十、崇神六十六年。
同伊賀国の穴穂《あなほ》宮に四年。

三重県伊賀市の、神戸《かんべ》神社とされる。

ここで、活目入彦五十狭茅《いくめいりびこいさち》天皇——垂仁天皇が即位したが、翌年からまた遷宮が続くことになる。

十一、垂仁二年。
伊賀国の敢都美恵《あへつみえ》宮に二年。
三重県伊賀市の、都美恵《つみえ》神社とされる。

十二、垂仁四年。
淡海《おうみ》国の甲可日雲《こうかのひくも》宮に四年。
滋賀県甲賀市の、頓宮《とんぐう》と推定されている。

十三、垂仁八年。
淡海国の坂田《さかた》宮に二年。
滋賀県米原市の、坂田大神宮とされる。

十四、垂仁十年。
美濃《みの》国の伊久良河《いくらがわ》宮に四年。
岐阜県瑞穂市の、天神《てんじん》神社とされる。

十五、その後。
尾張《おわり》国の中嶋《なかじま》宮（滞在年数不明）。
愛知県一宮市の、酒見《さかみ》神社とされる。

ここで、ようやく伊勢国に入り、

十六、垂仁十四年。
伊勢国の桑名野代《くわなのしろ》宮に四年。
三重県桑名市の、野志里《のじり》神社とされる。

十七、その後。
伊勢国の小山宮、あるいは鈴鹿《すずか》国の奈其波志忍山《なごわしのおしのやま》宮（滞在年数不明）。

十八、垂仁十八年。
伊勢国の阿佐加藤方片樋宮《あさかのふじかたかたひ》に四年。
三重県津市の、加良比乃《からひの》神社とされている。

十九、垂仁二十二年。
伊勢国の、飯野高宮《いいのたか》に四年。
三重県松阪市の、神山《こうやま》神社とされる。

二十、その後。
伊勢国の、佐佐牟江《ささむえ》宮（滞在年数不明）。
三重県多気《たき》郡の、竹佐々夫江《たけささふえ》神社とされる。

二十一、垂仁二十五年。
伊勢国の、伊蘇《いそ》宮（滞在年数不明）。
三重県伊勢市の、磯《いそ》神社とされる。

二十二、その後。
伊勢国の、瀧原宮《たきはら》（滞在年数不明）。
三重県度会郡《わたらい》の、瀧原宮《たきはら》とされる。
あるいはこの間に『伊勢国の、矢田宮《やた》』に遷幸という説もある。

二十三、その後。
伊勢国の、家田田上宮《やたたかみ》（滞在年数不明）。
伊勢神宮神田とされる。
また、この間に『伊勢国の、奈尾之根宮《なおしね》』に遷幸という説もある。

二十四、垂仁二十六年。
伊勢国の、五十鈴宮《いすず》。
これが、現在の伊勢神宮・内宮《ないくう》とされる。

その後の垂仁二十七年。

『志摩国《しまの》に、伊佐波登美之神宮《いさわとみのかみのみや》を造り、摂宮《わけみや》となした』

これは、三重県志摩市の伊雑宮《いざわ》とされる。現在は、志摩国一の宮とされている。

何とも、気が遠くなる。

六十年、一説には九十年かけて二十四ヵ所も移転し、ようやく現在の地に鎮座された。しかし、巡幸先はこれらの説だけではなく『皇太神宮儀式帳』によれば、檜原神社は同じものの「宇太《うだ》」「伊賀」「淡海」「美濃」そして「伊勢・桑名」「伊勢・多気」「伊勢・度会《わたらい》」などの十五ヵ所を巡ったことになっている。『倭姫命世記』などに比べれば少ないとはいうものの、これだけだって大変なことだ。

軽く嘆息しているとバスが到着して、千鶴子がタラップを降りてきた。

いつものとおりの細身のシルエット、色白の顔に大きな瞳。雅が大きく手を振ると、千鶴子も微笑み返し、ショートカットの黒髪を風に揺らしながらやってくる。

「お久しぶりです！」

「元気にしてた？　今日は運が良かった」

「それは私も同じです。倭姫命陵墓参考地にも行ってきました」

「どうだった？」

「タクシーの運転手さんに驚かれましたけど」雅は笑う。「とても素敵な場所でした。行って良かったです。ありがとうございました！」

挨拶を交わして、二人は早速、内宮・宇治橋を目指して歩き始める。冬至のころには、宇治橋鳥居正面から太陽が昇るという例の場所だ。

「それで、さっきの話の続き。二見興玉神社で気がついた、とんでもないことって一体何なの？」

「はい」雅は答える。「猿田彦神を祀っているはずの本殿が、内削ぎの女千木で鰹木偶数本という、女神を祀る造りになっていたんです。それどころか、今立ち寄った猿田彦神社の本殿も、同じように女神を祀る造りでした。これじゃ、まるで猿田彦神が女神だったような――」

「名前からして彦神《ひこがみ》だから、猿田彦神が女神ということは絶対にあり得ない」

「はい。実際に倭姫命宮の千木は、きちんと女千木でした。でもその一方で外宮は、女神の豊受大神を祀っているというのに男千木。あり得ません」

「これから行く、天照大神を祀っている内宮は、ちゃんと女千木よ」

「そう聞いています」

「私も昔、やっぱり疑問に思った……」

千鶴子は宇治橋手前で足を止めると、声を低くして言った。

雅も立ち止まり、千鶴子の顔を覗き込む。

「それで？」

「神宮司庁に、電話で問い合わせた」

「伊勢神宮の祭事や事務を取り仕切っている、あの！」

「ええ」

「その答えは？」

身を乗り出して尋ねる雅に、千鶴子は苦笑しながら答えた。

「男千木・女千木という概念は、研究者の意見の一つで、必ずしも一般的に正しいとは限らない」

「では、神宮司庁としての基準は何だと？」

「それぞれの宮や社に一任している、って」

「千木などを、自由に飾っているってことですか」

「自由に……とはいかないでしょうね」千鶴子は再び苦笑いする。「だって、一社ごとに統一されていたでしょう。男神も女神も同じように」

「はい……」

雅は思い出す。

男性神であるはずの月読命を祀っている「月夜見宮」では男千木。しかし同じ主祭神を祀っているのに「月讀宮」では女千木だった。しかもその「月讀宮」では、伊弉諾尊の社も女千木だった――。

「どちらにしても。でも、外宮の主祭神である豊受大神が男千木というのはおかしいです！　丹後国からやってきた天女なんですから」

それを言ったら、と千鶴子は笑う。

「草薙剣《くさなぎのつるぎ》を祀っているという、愛知県の熱田《あつた》神宮本殿の千木も女千木よ。鰹木も十本で、完全に女神を祀る造り。『剣』である以上、男神で男千木のはず」

「まさか……」

「また、一対の千木なのに、片方が内削ぎ、もう片方が外削ぎ――つまり、女千木と男千木になっている神社も見たことがある。これは極端な例だけれどね」

「本当ですか！」

「あるいは、男千木なのに鰹木が偶数本とか、逆に女千木なのに鰹木が奇数本とか」

「そんな神社も！」

ということは……。

「男千木・女千木は祭神の性別と無関係なんでしょうか？」

弱々しく尋ねる雅に、

「断定するのは、少し早いと思う」千鶴子は答える。「というのも——私が見たような例外的な神社は別として——ここ伊勢では『外削ぎ千木・鰹木奇数本』か『内削ぎ千木・鰹木偶数本』という形式が守られている。となるとこれは、全く根拠のないルールとは言えないでしょう」

そうだ。

外宮の外玉垣も、内玉垣も、その奥に建っている正殿も「外削ぎ千木・鰹木奇数本」なのだから、そこには何かしらの規則性があるはずだ。そうでなければ、例えば内玉垣だけが「女神を祀る造り」になっていてもおかしくはない。しかし、それが見事に統一されていた——。

そんなことを口にすると、

「外宮に関しては」千鶴子は意味深に微笑むと、ゆっくりと歩き始めた。「また後で、ゆっくり話し合いましょう」

「はい」

雅は頷いて、その後を追う。

目の前に、高さ七メートル余りの宇治橋大鳥居が見えた。

その先には、ゆったりとアーチを描くように架かる宇治橋。

全長約百メートル、幅約八メートルの橋には、十六基もの大きな擬宝珠《ぎぼし》が備わっている。檜の渡り板六百枚を費やして造られたという、純日本風の反《そ》り橋だ。

橋脚には、水に強い欅《けやき》が使われているものの、長い年月にはどうしても傷んでしまうため、その都度、修繕や橋の架け替えが行われていたが、明治になってから二十年に一度の遷宮に合わせて、その四年前に架け替えられることになったのだという。

雅たちは、緑の木々を縫うようにしてゆったりと流れる五十鈴川を見下ろしながら、ゆっくりと宇治橋を渡る。

五十鈴川は、倭姫命が御裳《みも》を濯《すす》いだこと、あるいは内宮の内縁をめぐる形状が御裳のようだということで、別名を「御裳濯川《みもすそ》」とも呼ばれている。

その全長は約十六キロ。二ヵ所の水源から流れ出た川は、内宮神域で合流し、その後再び二本に分かれて、そのうちの一本は二見浦に注ぐ。

この川が、二見興玉神社の近くまで流れて行くのだと思うと、感慨深い――。

緑濃い山を遠く眺めながら橋を渡っていると、

「遥か昔は」千鶴子が語りかけてきた。「橋のたもとに大勢の河童《かっぱ》が棲んでいたから、この橋を渡る参拝者たちは、手元の路銀の中からいくばくかの『投げ銭』を彼らに与えていたそうよ」

さっき、御子神からも聞いた。しかも、

〝研究のやり甲斐があるだろうな〟

と言われた。

何か意味が隠されているのだろうか……。

そう尋ねる雅に、千鶴子は頷く。

「全て意味があるの。しかも、実に論理的な」

「えっ」

「『河童』は想像上の生き物ではなく、実際に『河辺で暮らしていた童』だということは、知っているわよね」

「はい……」

雅は首肯した。

水野から何度も教わっている。

『河童』というのは、文字どおり『河』辺で暮らす人々であり、しかも『童』といっても子供ばかりとは限らない。酒呑童子《しゅてんどうじ》や茨木童子《いばらき》など、ザンバラ髪であったゆえに「童子」と呼ばれて、朝廷に嫌悪されていた大人たちも入る。また「少童《わだつみ》」が「少童《こわっぱ》」となり「河童」と変遷したという説さえある。つまり彼らは、いつ氾濫するかも分からない危険な川べりに住んでいた人間だ。二見興玉神社の「蛙——川衆《かわず》」もそうだった。水辺の民として、朝廷から蔑視されていた。

現在でも、河童や他の妖怪たちを、単なる想像上の生き物としておきたい人々が存在している。これは、歴史に詳しくない一般人だけでなく、知っているにもかかわらず朝廷側に与《くみ》してしまった学者たちだと、水野は言った。

きっと「河童」が本当に存在していたことを認めてしまうと、何か都合の悪い人々がいるのだろう——。

千鶴子にそんなことを告げると、

「あなたは『代垢離《だいごり》』という言葉を聞いたことはある？」

と尋ねてきた。

確かどこかで耳にしたことがある言葉だったが、なかなか思い出せないでいると、千鶴子は説明してくれた。

「伊勢参宮をする人に頼まれて、代わりに川で水垢離《みずごり》——禊ぎをすること。あるいは、代理で禊ぎする人たちね。自分が川に飛びこむのが嫌だから、誰かに代わってもらう」

「ああ……」

どこかで読んだ。

一部のお金持ちや――特に女性たちは――川に飛びこむのを躊躇した。確かに、真冬などは大変だったろうとは思う。

そこで、その近くにいる誰かに頼んで、自分の代わりに川に入ってもらう。

「松本清張《まつもとせいちょう》の『伊勢参宮へのいざない』という文章にも出てくるわ」

千鶴子はスマホを操作して文章を呼び出す。

日枝山王大学のデータベースに個人で登録してあるので、いつでもアクセスできるようになっていると、以前にも言っていた。

画面が出ると、千鶴子は小声で読み上げた。

「『いつの世にもある無精者のための代垢離がさかんだった。主に子供が銭をもらって、本人のかわりに、寒い海に飛びこむのである。しまいには、はじめから海にはいっていて投げ銭をせがむようになって、完全な乞食になってしまった。そして代垢離が銭を拾いにはいって持ってくるワカメやサザエを、今度は商品として海岸で売った。信仰の代行者から乞食へ、乞食から商人へと変ったのである』

『二見が浦の歴史は禊の海として始まったのである』

そして現在では、参拝時にはもちろん海に入ることはなく、社務所で無垢鹽草《むくしおくさ》などを授かって、これを禊ぎ代わりとしている」

「確かに……」

だから、と千鶴子は言った。

「ここも同じ図式だったんじゃないかしら」

「え？」

「橋のたもとで暮らしていた『河童』たちに『投げ銭』をやって、自分の『代垢離』を行《おこな》ってもらった」

「この五十鈴川で！」

「そう」

「まさか……」

「こんな物があるわ」

千鶴子は再びスマホを開く。

するとそこには一枚の古い画の写真があった。

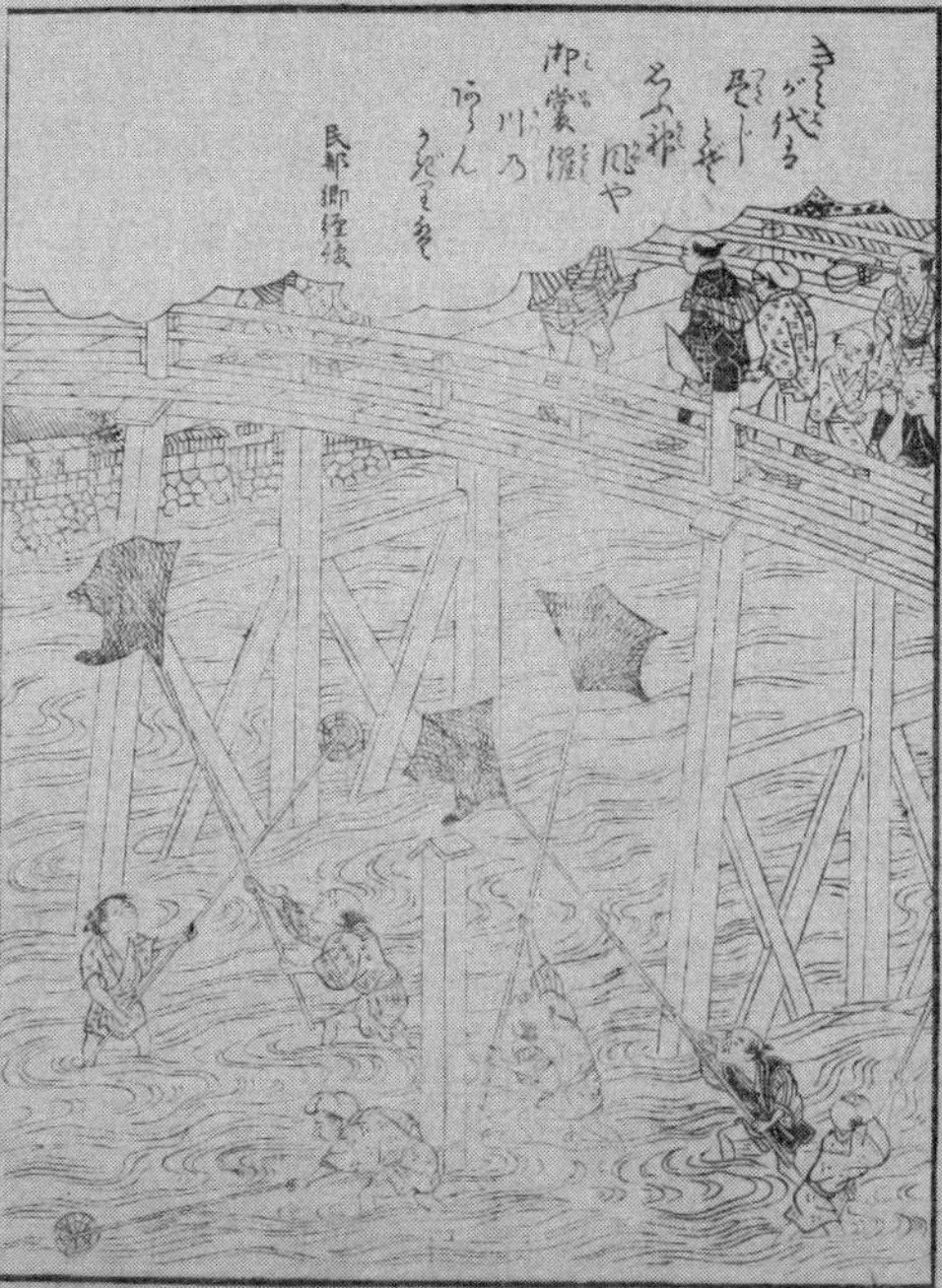

きみが代ハ
尽じとぞ
思ふ神
風や
御裳濯
川乃
すまん
かぎりは
民部卿経信

宇治橋
五十鈴川
御裳濯川
ともいふ
君が代の久し
かるべし
わたらひや
五十鈴の
川の
流れ
絶せ
で
前中納言
匡房

「いわゆる『網受《あみうけ》』をする童たち」

『伊勢参宮名所図会』——江戸時代に刊行された、伊勢参宮の案内書の中の一枚だ。

その題名は、「宇治橋　五十鈴川　御裳濯川」となっていて、今、雅たちが渡っている宇治橋の上に大勢の人々がいて……。

雅は絶句する。

橋の下の川の中には何人もの「童」が、手に手に長い竹の柄のついた網を掲げている。おそらく、これで参拝者からの「投げ銭」をキャッチするのだ。あるいは、落ちてしまった銭をすくい上げる。初めから五十鈴川に入っていて「投げ銭」をもらうなど、まさに二見浦と同様「代垢離」ではないか！

「これが」千鶴子はスマホをしまいながら言った。「この橋を渡る参拝者が橋のたもとに棲んでいる『河童』に『投げ銭』を与えていた——という伝承の真実だと思う」

「代垢離だった……」

「もちろん、参拝者全員がそうだったとは言い切れない。自分できちんと禊ぎをするけれど、投げ銭キャッチを一種の『芸』として楽しんでいた人たちもいただろうし、彼らの境遇を哀れんで投げ銭を与えていた人たちもいたと思う」

「ああ……」

「でも『河童』を、あくまでも空想上の生き物だったと考える人や、『代垢離』などはただの言い伝えに過ぎないと思っている人たちにとっては『宇治橋から河童への投げ銭』などという話は、ただのお伽話になってしまう。この風習の真実——本質や、当時を生きていた人々の心情を全く理解できないままにね」

「私は、今の話を信じます！」

勢い込む雅を見て、

「水野研究室生だからね」千鶴子は笑った。「さあ、私たちも五十鈴川で禊ぎをしましょう」

宇治橋を渡り終えると、雅たちは開けた空間を右手へと進む。豊かな緑に囲まれた庭園——神苑を、そしてまるで広場のような参道を歩く。

途中、御池《おいけ》から流れ出る川に架かった小さな火除橋《ひよけばし》を渡り、すぐ右手にある（五十鈴川の水を引いているという）手水舎で口と手を清めると、目の前に立つのは五角形の笠木を載せた伊勢鳥居——「第一鳥居」だ。

では、さっきの宇治橋の鳥居はなに？

と思ってしまうが、実は明治以前までは、この場所が内宮の入り口だったのだという。だから「第一」鳥居なのだそうだ。

その鳥居をくぐってすぐ右手、踊り場のように広い石段を数段降りた場所には、五十鈴川の御手洗場《みたらし》がある。「五十鈴川に入らないでください」という注意書きが立てられているが、真夏であれば靴を脱いで(河童たちのように)川の中を歩きたくなるような涼やかさ、対岸の緑を映してサラサラと流れて行く清らかさが目に焼きつく。何人もの参拝者たちが川岸にしゃがみ、あるいは腰を下ろし、手を水に浸しながら素敵な風景を眺めていた。

御手洗場でもう一度手を清めると、雅たちは参道を少し外れた場所の「瀧祭神《たきまつりのかみ》」へと向かった。

木々に囲まれた細い道の先にあるため、こちらに足を運ぶ人たちは殆どいない。ここは宮でも社でもなく、五十鈴川守護の水神を祀っているだけだ。そのために拝殿も本殿もなく、ほぼ隙間なく瑞垣で囲まれた空間の中央に、烏帽子岩のような石がポツンと置かれている。

ちなみに「神宮」や「宮」は、皇族関係者を祀る神社であり、「大社」や「社」は、特定の神や一般の神を祀る神社——ということになっているが、もちろん「日光東照宮」のような例外もたくさんある。こんな所にも、政治的な力が働いている。

しかし、こちらはさすがに五十鈴川の守護神だけあって、その場所から木々の隙間を縫って見下ろす五十鈴川は、日差しを受けてキラキラと青く輝いていた……。

林の中の道を歩き、再び参道に戻ると、ちょうど第二鳥居をくぐった場所だった。

次は、五十鈴川に流れ込む島路《しまじ》川を渡った川向こうに鎮座する「風日祈宮《かざひのみのみや》」に向かう。伊弉諾尊の御子神の、級長津彦命《しなつひこ》・級長戸辺命《しなとべ》を祀る宮で、神宮の説明では、鎌倉時代の元寇《げんこう》の際に神風を吹かせてわが国を守った神、とある。

参道を右手に折れると、辺りは鬱蒼とした木々に囲まれて、人気《ひとけ》がなくなった。その道をゆっくり歩きながら、千鶴子が低い声で言った。

「さっきの五十鈴川の『河童』の話で思い出したんだけど……天照大神や伊勢神宮が、ほとんど無名だったことは知ってる？」

はい、と雅は御子神との会話を再び思い出しながら答えた。

「遥か遠い昔は、現在のようではなかったと……」

「遠い昔どころか、平安時代になってからもよ」

「平安時代も？」

少し驚く雅に、千鶴子は続ける。

「『蜻蛉《かげろう》日記』や『更級《さらしな》日記』を知っているでしょう」

『蜻蛉日記』の始まりとされている。『蜻蛉日記』は、藤原倫寧女《ともやすのむすめ》、右大将・藤原道綱《みちつな》母の手による、九〇〇年代後半の出来事が記された日記で、日本の「女流日記」の始まりとされている。

また『更級日記』は、菅原孝標女《すがわらのたかすえのむすめ》が書き残した日記で、一〇〇〇年代中盤の出来事や、それに伴う自分の心情なども、細かく綴られている。

彼女たち二人は、伯母（叔母）と姪の関係で、両日記とも、『紫式部日記』同様、平安時代の女流日記を代表する作品と呼ばれている——。

「それが何か……？」

二人は、宮へと続く「御橋《みはし》」のたもとに立つ鳥居をくぐる。

千鶴子は相変わらず低い声で言った。

「その『蜻蛉日記』の巻末歌集に、こんな話が書かれているの。

『はらからの、みちのくにの守《かみ》にて下るを、ながしけるころ、その下る日晴れたりければ、かの国に河伯《かはく》といふ神あり、
わがくにのかみのまもりやそへりけん
かはくけありしあまつそらかな』

——陸奥《みちのく》に下る人から、その国に居るという『河伯』つまり、川の神の霊験《れいげん》のおかげで、長い雨が止みそうだという歌。

それをもらった道綱母は、

『今ぞしるかはくときけばきみがため
　あまてる神のなにこそありけれ』

——今分かりました。河伯の神とは、あなたのために空を照らす天照大神の名前だったのですね。

と返したの。もちろん『河伯』というのは言うまでもなく、河童のこと」

「えっ」雅は眉をひそめて、小声で尋ね返す。「い、いえ、確かに河伯は河童のことで間違いないですけど……でも、河童＝天照大神なんて」

今、そんなことを口にしたら、不敬罪（？）になってしまいそうな歌だが、その当時は、高い地位にいた貴族がこんな歌を平気で詠み、しかも日記に書き残した？

そんな雅の疑問に答えることなく、

「そして『更級日記』」千鶴子は続けた。「菅原孝標女がある日、ある人から、

『天照御神を念じ申せ』

と言われた。でも彼女は、

『いづこにおはします神、仏にかは』

天照大神が、神なのか仏なのかすら分からなかった。

そんなふうだったので、最初は関心も薄かったけれど、改めて人に尋ねてみると、

『神におはします。伊勢におはします』

などなど、詳しく教えてくれた、と書かれている——。つまり」千鶴子は言う。

「十世紀ごろの平安貴族たちは、天照大神のことを殆ど知らなかったか、知っていたとしても、河伯——水神や河童という程度の認識しかなかったわけ」

「そういうこと……ですよね」

「だから、この『大御神』という名称は、もともと『大水神』だったのではないかと

いう説すらある。京都・貴船《きふね》神社などで祀られている、罔象女《みずはのめ》と同じ種類の神と考えて良いという」

天皇家の祖神であり、日本人の祖神ともいわれている天照大神が、罔象女――正体がよく分からない水神？

「で、でも！」

雅が反論しようとしたとき、二人は御橋を渡り終えて風日祈宮の境内に入った。

とても気持ちの良い宮だった。

倭姫命宮同様、緑深い林に四方を囲まれた中に、ポッカリと空いた空間――まるで子供のころの秘密の場所のようで、美しく懐かしい雰囲気が漂っている。

しかし、ここから先の参道も複雑で、本殿がすぐ右手に鎮座しているというのに、その周囲を二回も直角に右折して回り込まないと、拝殿にたどり着けない。しかも方角的には、内宮に背を向けているようで、とても変わった造りだ。

雅たちはそんな参道を歩き、参拝する。

やはり、しっかり隙間なく囲まれている本殿の千木は女千木。

だがここは、級長津彦・級長戸辺命の男女神が祀られているので、どちらでも構わないともいえる。それこそ、宮の管理責任者次第。

雅たちは再び参道を二度折れて、御橋へと向かう。橋を渡り終えれば右手には、天照大神が鎮座される正宮だ。

神楽殿《かぐらでん》や五丈殿を過ぎると、参道が二つに分かれる。右が正宮、左が荒祭宮《あらまつりのみや》だ。

そこに「正宮まで一〇〇メートル」と書かれた案内板が立てられていて、目にした雅は何となく心がざわついてしまう。

二人は正宮への道を歩く。その、ゆるやかにカーブしながら下る道を歩きながら、

「あの……」と小声で千鶴子に尋ねた。「今の話は、本当なんでしょうか」

千鶴子を疑っているわけではない。

でもさすがに、すぐには信じられなかったのだ。

すると千鶴子は、参道を下りながら囁くように答えた。

「平安時代より少し前の話。持統天皇三年（六八九）、草壁《くさかべ》皇子が亡くなった際に、柿本人麻呂《かきのもとのひとまろ》が、

『天地《あめつち》の初めの時――』

という挽歌を詠んでいる。でもそこには、天照大神の名前はなくて、

『天照らす日女尊《ひるめのみこと》』

としか出てこない。あなたも知っていると思うけれど、その当時とすれば、人麻呂の詠んだ歌は最高に格式高い儀式歌だわ。でもそこには『天照大神』という文字は見えない。つまり、少なくともその当時には『天照大神』という名称がなかったということね。あるいは……」

千鶴子は雅を見る。

「たとえその名称が存在していたとしても、口には出せなかったとか……」

「えっ」

雅が目を見開いたとき、二人は正宮正面に到着した。

いよいよ「天照坐皇大御神《あまてらしますすめおおみかみ》」参拝だ。

《皇大神宮の風は招く》

正宮前は、大勢の参拝者が列をなしていた。

中にはネクタイ姿で革靴を履いている男性や、スーツ姿、あるいはブラックフォーマルで身を包んだ女性たちも多く見られる。おそらく、御垣内参拝《みかきうち》——特別参拝をする人たちだろう。

内宮の正宮（本殿）は、外側から順番に「板垣《いたがき》」「外玉垣《との》」「内玉垣《うち》」「蕃垣《ばん》」「瑞垣《みずがき》」と、五重もの御垣によって囲まれている。ちなみに、外宮の正宮は「板垣」「外玉垣」「内玉垣」「瑞垣」の四重だ。

これらの御垣に囲まれた空間を「御垣内」と呼び、雅たち一般の参拝者は（板垣内には入ることができるものの）「外玉垣」の外側からしか参拝することができない。

たとえば『内宮』では、板垣南御門の鳥居をくぐって、外玉垣南御門に出る。その前には、中重鳥居《なかえのとりい》が建ち、参詣者はその場でお参りをする。『外宮』は、鳥居を二つくぐると、豊受大御神をお祀りする御正殿の板垣南御門の前に出る。一般の参詣者の参入はここまで。

しかも正面には、白い「御幌《みとばり》（帳）」が下がっていて、運良く風が吹いて幌を上げてくれない限り、正面から内側を覗き見ることができない。

しかし、内宮・外宮ともに「特別拝観」を希望して、きちんと手続きを取れば「御幌」の内側に入って、間近に正殿を拝することができる。但し、きちんとしたドレスコードがある。それが、今見た男性参拝者や女性参拝者たちだ。今回、雅たちは特別拝観まで考えてはいなかったが、そんな信仰篤い人々に交じって蕃塀の前で参道を左手に折れると、正宮前に立った。

石段下から正宮を見上げると、続々と鳥居前で一礼してくぐる参拝者たちの姿が見えて、少し感動する。群馬県産の「三波石《さんばせき》」という大きく立派な石で造られているという三十段ほどの長く広い石段を登って、人々の後に続き、最後の鳥居——冠木《かぶき》鳥居を一礼してくぐると、並んで正宮に参拝する。

そのとき、ふんわりと風が吹いて帳を揺り動かしてくれたが、内玉垣御門がチラリと見えただけだった。でも、この先には天照大神が、唯一神明造りの正殿に鎮座されているのだと思って、真剣にお参りした。

二人は、後ろに並んでいる人たちに場所を譲って御門前を離れたが、千鶴子はそのまま左方向に移動して、外玉垣の何もない場所で柏手を打って拝んだ。

その姿をキョトンと見ていた雅を振り返ると、千鶴子は微笑みながら説明する。

「あなたと話していたおかげで、この御垣内の一番奥、北西の隅に猿田彦神がいらっしゃることを思い出したの」

「猿田彦神が？」

「興玉神としてね」

千鶴子は「内宮殿舎配置図」と銘打たれた一枚の図面をバッグから取り出すと、パサリと広げて雅に見せた。確かに御垣内の隅の隅に「興玉神」と載っている。

「本当です！」

「隣にいらっしゃる宮比《みやび》神は、もちろん天宇受売神のこと」

千鶴子は図面を畳みながら言った。

「但し、ここに祀られている興玉神が猿田彦神であるとは、神宮の公式文書にはどこにも記されていない。でも、江戸時代初期の伊勢神道神道家・出口延佳《でぐちのぶよし》が、

『内宮の瑞籬《みずがき》の外、乾の方に石段ありて、古《いにしえ》より宝殿《ほこら》はなくて、興玉《おきたま》とて崇め奉るは此の猿田彦なり。宇治の郷の地主の神なり。その子孫は宇治土公《うじとこ》とて今に玉串の内《うち》

内宮殿舎配置図

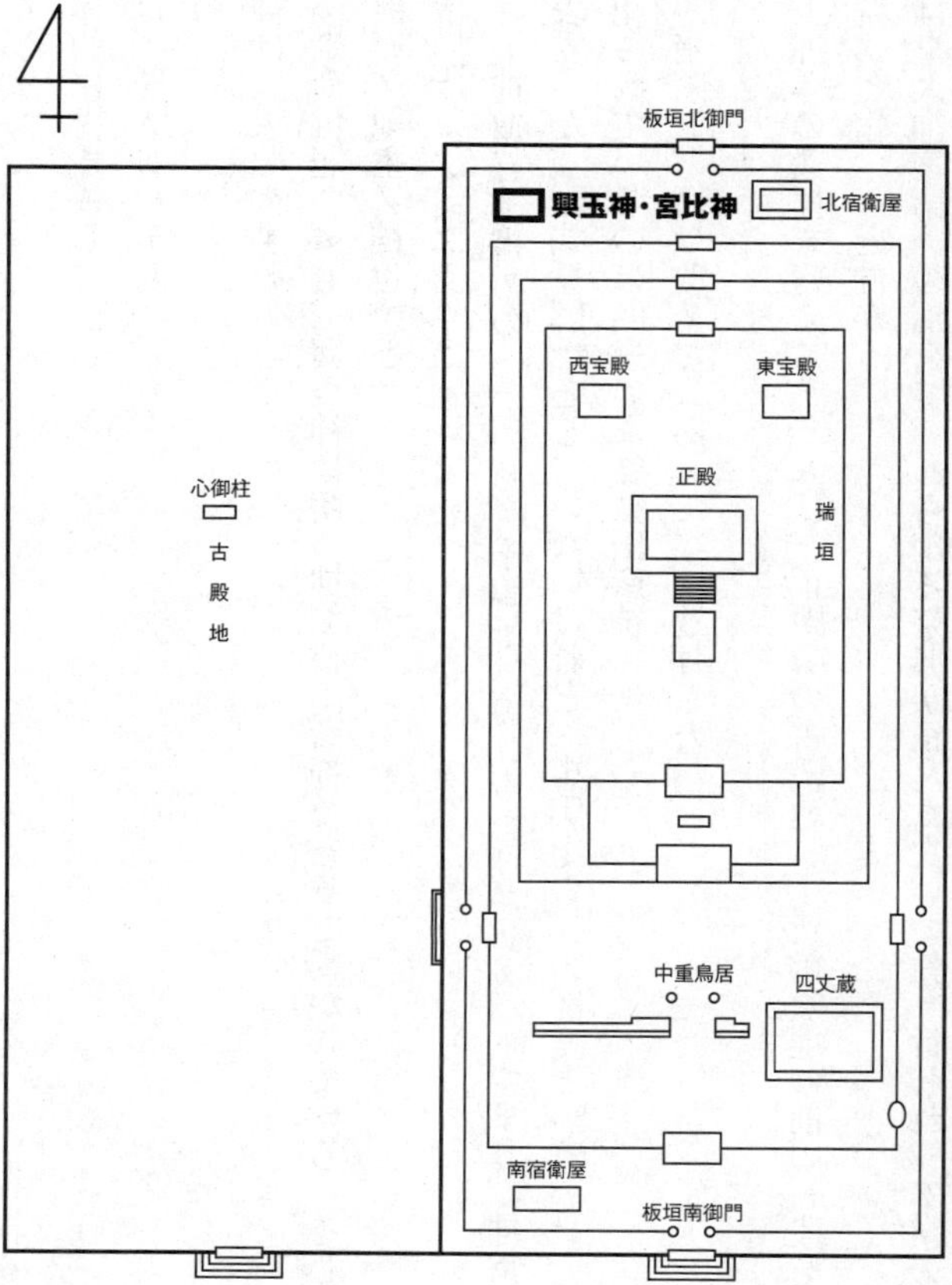

人《びと》に補するなり』

と、具体的に書き残している。そして、

『猿田彦は天照大神の分身の神なり』

とまでね」

「猿田彦神は、天照大神の分身……」

「また『倭姫命世記』にも、興玉神は衢《ちまた》の神で猿田彦神であると書かれている。そして『五十鈴原ノ地主ノ神也』と」

「『倭姫命世記』にもですか！」

「いわゆる『神道五部書』の一つのね」千鶴子は再び声をひそめる。「つまり、神宮としては表立った『公式見解』としていないけれど、事実上の『公認』というわけ。あちらに祀られているのは間違いなく猿田彦神」

千鶴子が指差し、雅は改めて（あわてて）遥拝した。

雅が興玉神への遥拝を終えると二人は、正殿隣の古殿地——新御敷地の前の石段を降りて「荒祭宮《あらまつりのみや》」へと向かう。

この宮は皇大神宮第一の別宮で、あらゆる祭典が正宮に次いで執り行われ、奉幣《ほうへい》の儀には、天皇陛下のお使いの勅使が参向されるという、格式高い宮だ。

御稲御倉《みしねのみくら》や、外幣殿《げへいでん》を過ぎると、五、六十段ほどあるだろうか、長い下りの階段を雅たちは並んで歩いた。

「そういえば……」雅はふと思い出して千鶴子に尋ねる。「もともとの伊勢の神さまは男神――もしかすると猿田彦神かもしれないと聞きました」

「いわゆる、伊勢津彦ね」

千鶴子は頷くと、尋ねてきた。

「伊勢国一の宮は、どこか知ってる」

「当然、伊勢神宮じゃないんですか？」

「違うのよ」

首を横に振る千鶴子を見て、驚いた雅は尋ねる。

「じゃあ、どこなんですか？」

「椿大神社《つばきおおかみのやしろ》」

「椿大神――」

「鈴鹿《すずか》にあって、主祭神は猿田彦神」

「えっ」

「本殿の千木は、もちろん男千木。鰹木も奇数本。椿大神社では、こちらが猿田彦神を祀る『本社』だと言っている。しかも、境内に祀られている天鈿女本宮――椿岸神《つばききし》社本殿の千木は、きちんと女千木。ただお互いに、南東と南西を向いていた。猿田彦神社と同じく、やっぱり隣同士でもなければ顔も合わせていなかったけれどね」

「それは……」

雅が絶句したとき、二人は荒祭宮に到着した。

祭神は「天照坐皇大御神荒御魂《あまてらしますすめおおみかみのあらみたま》」

この神は、一説では「祓戸大神《はらえど》」の一柱であり、かつ大怨霊といわれている「瀬織《せおり》津姫《つひめ》」ともいわれており、あらゆる神徳を持つ女神とされているためか、参拝者も大勢いた。

雅の脳裏に、水野の言葉が甦る。

「神様は、自分が叶わなかった望みや、自分たちを襲った不幸が我々に降りかからないようにしてくれるのです。それが、いわゆる神徳であり、御利益です」

つまり瀬織津姫は、ありとあらゆる不幸・悲劇・災厄・不条理を一身に受けられた神ということになる。そのために大怨霊・荒魂となられた……。

　雅は正殿前の最後の石段を登ると、深々と二礼して参拝する。

〝あなたに降りかかってきた不幸は計り知りようもありませんが、どうぞごゆっくりお眠りください。今日はお参りさせていただき、ありがとうございました――〟

　荒祭宮からの帰り道に雅たちは、内宮にも鎮座している「四至神《みやのめぐりのかみ》」に立ち寄る。外宮にも鎮座していたが、こちらは外宮のそれよりも、やや小さめ。しかし同じように「石神」として祀られているようだった。

　四至神を後にして、再び広く開けた参道に戻ったとき、雅は千鶴子に訊いてみた。この神は外宮でも見た。そこでは、外宮全体の守り神であり「四至」は、神域の四方を意味しているという。

　でも祀られているのは、ここ同様「石神」。

　水野にいわせると、「石神」は「物言わぬ石にされてしまった神」であり、その状態を見た朝廷の貴族たちが「美《い》し美《い》し」と喜んだ神だという。

　そうであるなら、単純に考えて「四至神」というのは「四（死）に至る神」なのではないのか――。

千鶴子は目を見開いて雅を見ると、大きく頷いた。

「それは素敵な発想だわ。本来は、そんな意味だったのかもしれない。あなた、やっぱり面白い」

「あ、ありがとうございます……」

雅は、はにかみながら礼を述べた。

これについても、また改めて考えてみようと思いながら、その並びにある忌火屋《いみびや》殿、対面にある五丈殿、御酒殿《みさかどの》などを見学しながら神楽殿の角を曲がる。

御池から流れ出る川の上流に架かったもう一つの火除橋を渡ると、その先に御厩《みうまや》があり、一頭の「皇大神宮御料御馬」が、参拝者たちを迎えてくれる。

広い神苑に戻ると右手に折れて、能舞台もあるという参集殿近くに鎮座する、大山《おおやま》祇《つみ》神社と子安《こやす》神社を最後に参拝して、二人は再び宇治橋に向かった。

宇治橋を並んで渡りながら、

「ぐるっとまわって気がついたと思うけど」

千鶴子が言った。

「他の神社にあって、伊勢神宮にないものが五つある」

「……狛犬がいない？」

そう、と千鶴子は頷いた。

「その他にも、御神籤《おみくじ》、賽銭《さいせん》箱、拝殿前の鈴、そして注連縄《しめなわ》ね」

はい、と雅は首肯する。

「でも……どうしてなんでしょうか？」

「いくつかの点に関しては、理由がつく。御神籤は江戸時代から始まった風習。大勢の参拝者を集めなくてはならない小さな神社と違って、すでに多くの人々の信仰を集めていた伊勢神宮としては、取り入れる必要がなかったんでしょう。拝殿前の鈴を鳴らすというのも昭和以降の風習だから、これも特に取り入れなかった。賽銭——供物などは、皇室や決まった人からのみ受け付ける慣習で、基本的に一般の人々からは受け付けない。ちなみにこの『賽』は『塞』と『貝』の合字で『塞の神《さえ》』に捧げ物をするという意味ね」

「塞の神って——」

「そうよ。もちろん猿田彦神のこと」

「その猿田彦神に対して、皇室から供物が？」

「素直に考えればそうなるけど、これも公には認められていない。供物はあくまでも、天照大神へ届けられる――。そして注連縄は、この周辺の家々に飾られている」

雅も見た。

一本の注連縄から藁《わら》が何本も（相撲《すもう》取りのまわしのように）下がっていて、その中心に「笑門」あるいは「門」という文字の間に「蘇民将来子孫家《そみんしようらい》」という文字が書かれた門符が掛かり、その両脇には白い切り下げ（紙垂《かみしで》）と、橙《だいだい》が吊り下げられている玄関飾りだ。

建ち並ぶ家の殆ど、いや、全ての軒先に飾られていたので、雅が目をこらしていると、タクシーの運転手が教えてくれた。やはり、素戔嗚尊（牛頭天王《ごずてんのう》）の蘇民将来伝説に関係するようで、信心深い人は毎月、そうでなくとも年に一回は新たに買い求めて飾るのだという。

蘇民将来は「茅《ち》の輪くぐり」の元になった伝承。

素戔嗚尊が神逐《かみやら》いされたとき、道々の家に一晩の宿を求めた。しかし、裕福な巨旦《こたん》将来は、素戔嗚尊を拒み、貧乏で心優しかった兄の蘇民は尊を受け入れた。粗末な家だったが、もてなしを受けた尊は、

「やがてこの地に疫病《えきびょう》が流行《はや》るだろう。その時は腰に茅の輪をつけておくが良い」

と言い残して去っていった。

その言葉どおりに疫病が大流行し、腰に茅の輪をつけていた蘇民将来の家族以外は、巨旦を始めとして、一人残らず命を落としてしまった。それ以来、蘇民将来の村では、疫病を避けるために茅の輪を腰につける風習が生まれたのだという。これが、現代のわが国でも六月末の夏越祓《なごしのはらえ》の頃になると、全国各地で行われている「茅の輪くぐり」の原型だ。

さっきのタクシー運転手の話だと、伊勢の「笑門」はもともと「蘇民将来」の「将」だったが、そうなると「将門」となり、平将門《たいらのまさかど》と同じ名前になってしまうということで、それを避けるために「笑門」としたのだという——。

「つまり」雅は千鶴子に尋ねる。「外宮・内宮の周囲には、すでに注連縄が張られていると……」

「おそらく、そういうこと」

「じゃあ、狛犬は？」

雅の問いに、千鶴子は首を捻った。

「まだ分からない……考えが、きちんとまとまったら」

「はい」

頷く雅を見て、千鶴子は微笑む。

「それより、せっかくだから『おはらい町』で、少し遅い昼食にしない？」

「良いですね！」

おはらい町は鳥居前町でさまざまな店が並び、江戸時代などは、日々大勢の人々で溢れかえっていたという。一時期は廃《すた》れてしまったこともあったようだが、現在は再び活気を取り戻して、数多くの飲食店や土産物店が軒を並べる一大観光名所になっている。

また、おはらい町に隣接して、昔の伊勢の町並みを再現した「おかげ横丁」が十五年ほど前に完成し、こちらも大人気らしい。

これもタクシー運転手が言っていたが、こちらの「おはらい町」や「おかげ横丁」メインでやってくる観光客も多いらしく、彼らは内宮にチラリとお参りして、こちらで滞在時間の半分以上を費やして帰るのだという。

「何だかねえ……どうかと思いますわ」

と嘆いていたことを思い出す。

これではまさに、

「大神宮にもちょっと寄り」

ではないか。

雅は微笑みながら千鶴子と二人、宇治橋鳥居をくぐって「おはらい町」へと向かった。名物の「伊勢うどん」と「手こね寿司」そして「赤福餅」を食べなければ！

何といっても、伊勢うどんは「このうどんを生きているうちに食わなければ、死んで閻魔《えんま》に叱られる」と中里介山《なかざとかいざん》が書いたという、大変な名物。

一方の手こね寿司は、地元の漁師たちが、タレに漬け込んだ鮪《まぐろ》や鰹など（いわゆる「づけ」）を酢飯の上にちらして食べていたという郷土料理。

そして赤福は「赤心慶福《せきしんけいふく》」――「真心を尽くし、他人の幸福を慶《よろこ》ぶ」から名前を取ったという、とても由緒ある食べ物――いわゆる「あんころ餅」だ。

雅たちは、おかげ横丁近くの、かなり時代がかった建物の店に入った。時代がかっているのも当然で、江戸時代から続いている老舗《しにせ》なのだという。そこで、伊勢うどんと手こね寿司、そして地ビール（！）を飲み、赤福は帰りに食べることにして、おかげ横丁へと向かう。

この「おかげ横丁」は、江戸時代に遠方から参詣にやってきた人々が、御師《おし》――伊勢神宮神職で、参詣者の案内や宿泊を受け持っていた人々のことで、伊勢では「おんし」と呼んでいる――のいるこの町で、一息ついたり泊まったりして英気を養い、おかげさまで伊勢参拝できました、という意味で「おかげ参り」の言葉ができた。あるいは、それら全てをひっくるめて「天照大神様の御神徳のおかげ」で参拝できた。その「おかげ」を取っておかげ横丁という名前にしたらしい。

大きな石の常夜灯が立つ正面入り口から一歩中に入れば、そこは瓦屋根の下に暖簾《のれん》が掛かった「江戸商人」の店が軒を連ねていた。

切妻・入母屋《いりもや》造りで統一されていた「おはらい町」も、かなり時代がかった町並みだったが、こちらはさらに「江戸時代」だった。中央の広場付近には立派な太鼓櫓《やぐら》があり、紙芝居も行われていてタイムスリップしたかのよう。かと思えば、いきなり、明治時代を彷彿させるような白い洋館が姿を見せる。

二人は土産物店などを覗きながら歩き、田舎の芝居小屋のような外観の「おかげ座神話の館」に入った。

こちらは、江戸の町のジオラマが展開されている。これから御師の家を出て伊勢参りに出かけようとしている白装束や旅装束の人々（のマネキン）。一服して――おそらく伊勢うどんを食べている人々。新しい草履《ぞうり》を買い求める者。犬を連れて参拝に向かう者。馬や駕籠《かご》に乗って神宮に向かう者などなど。どこも大混雑で大賑わいな、さまざまなシーンが描かれていた。

「もの凄い人数ですね！」雅は目を丸くする。「まあ、多少はオーバーに造られているんでしょうけど」

「そうとも言えないみたいよ」千鶴子が答えた。「嘘か本当か、本居宣長《もとおりのりなが》によれば、あるときは五十日間で三百六十二万もの参詣者が訪れたって」

「三百六十二万人って――」

どうやってカウントしたの？

まあ、その検証は良いとして……とにかく物凄い数の人々がやってきたことだけは間違いないだろう。

「伊勢参りは」千鶴子は続けた。「江戸からだと、片道二十日ほどだから、往復で四十日強。主に、往路は東海道、帰路は中山道といわれてる」

「伊勢講などもあって、みんなでお金を出し合って参拝したという話も聞きますけど、やっぱり大変な行事ですよね。そもそも当時は、今と違って『個人旅行』なんてあり得なかったわけでしょう」

「庶民の私用の旅は、原則禁止だった。でも『天下太平・五穀豊穣を祈る』という目的の旅は許可されていた」

「その一つが、伊勢参りですか……」

「『抜け参り』というのもあったからね。聞いたことあるでしょう」

はい、と雅は頷く。

「家の誰にも許しを得ないで抜け出して、さらに往来手形もなしで、伊勢参りに行く。それが集団で行われた——『おかげ参り』ではなくて『お陰《かげ》参り』もあったと、どこかで読んだことがあります」

「そんなときは、路銀を一銭も持っていなくても、沿道の人たちが助けてくれて、何とか伊勢までたどり着くことができた。だから『渡る世間に鬼はない』という諺は、この伊勢参りの話が由来だともいわれてる」

「本当ですか」

「一説ではね」千鶴子は言うと、続ける。「そうなると、そんな噂を耳にした人たちも大勢、伊勢に押し寄せるようになった。芭蕉《ばしょう》の有名な句、
一家《ひとつや》に遊女も寝たり萩と月

ここに出てくる遊女二人も、伊勢参りに行く途中だったともいわれてる。ただ、これは芭蕉の全くの創作という説もあるから、判然としないけれどね――。

でも、江戸川柳にもそんな様子を、

　なにごとの　おあしを持たず伊勢参り

なんて詠まれるほどだったことは間違いないわ」
これは考えるまでもない。西行法師の歌、

なにごとの　おはしますかは知らねども
　かたじけなさに涙こぼるる

のパロディだ。
江戸っ子は「粋」だ。
雅は微笑みながら、次に向かう。
今度は、遊郭のジオラマだった。先ほどタクシーの運転手が言っていた「古市《ふるいち》」か

もと思っていると、

「外宮と内宮の間にある、いわゆる『間《あい》の山』……古市ね」千鶴子が言った。

「江戸中期には二千人もの遊女を抱えていたという……」

やはりそうらしい。

暗い夜の風景の中に紙の灯籠が何本も点《とも》り、その明かりの中に、綺麗な夜桜が浮かび上がっている。歌舞伎で観る「江戸・吉原」の町のように、妖艶な景色だ。

その向こうには、屋根の下にいくつもの丸い提灯が並んだ二階建ての建物が見え、開け広げた障子の向こうでは、すでに精進落としの大宴会が始まっている。別の部屋では、並んで座り三味線を弾く遊女たちが、あるいは遊女と二人で差し向かいで飲んでいる客がいる。そんな人々の笑い声や、三味線の音まで聞こえてきそうなジオラマで、趣さえ感じてしまう光景だった。

それらを見終わって、雅たちは当初の予定どおり赤福餅を食べる。

二人で店先に並んで舌鼓を打ちながら、

「水野先生からも聞いていると思うけど、松本清張がこんなことを言っている」

千鶴子が口を開いた。

「『参宮のあとの精進落しの俗信仰が生きていた江戸時代、この道々の女は、男を一人前の「おとこ」にしてくれる大切な役目をはたし、そのため伊勢参宮を一種の成人の行事のように思っていたくらいだ』

と。つまり、男子の通過儀礼だったというわけ」

「でも……それはごく一部の男性では？」

「もちろん」千鶴子は笑いながら頷く。「ほとんどの男性たちは、遊興で遊郭に上がった。でもその一面で、

『神に仕える女は、神の化身として尊ばれた』

ゆえに、彼女たちを抱くことは、

『信仰の歓びの極致に到達せしめる』

これは、熊野などでは顕著ね。熊野比丘尼《びくに》が体を売っていたことは、歴史上明らかだし。それが段々と、

『神の御前に仕える何々御前という女と交わることが行われた。だから平安時代以降の売笑婦白拍子に何々御前（静《しずか》御前とか常盤《ときわ》御前とかいう、ゴゼンはなまってゴゼとなる場合もあった）の名がついたり、女を神官と同じ何々太夫とよんだりする』

となり、発展して『神の照覧のもとで』女性――遊女たちと交わることは、一種の呪術的な要素を持つ『祭り』と考えられた――というわけ」

「何か、男性にとって都合の良い解釈に思えますけど」

不満げな雅に、

「でもね」千鶴子は微笑む。「百パーセント快楽のためだけに遊郭に上がっていたわけではないというのも事実。一種の『祭り』だから。ただ、それが全体の何パーセントを占めていたかは分からないけれどね」

とにかく、と千鶴子は続けた。

「そんな大量の金銭が落ちる伊勢の町は、神宮をバックにした御師たちによって、実質上治められていた。でも、明治四年（一八七一）に、政府によって御師が廃止され、これら全てを国家が取り仕切ることになり、

『彼等の営業も特権もなくなり、普通の町になってしまった』

というわけ。これが、庶民から見た伊勢神宮の歴史。さて――」

おはらい町を後にして、そろそろ夕暮れになろうとしている空を見上げながら千鶴子が言った。

「ホテルにチェックインして、シャワーでも浴びたら、夕食に出かけましょう」

「はいっ」

訊きたいことが盛りだくさんの雅は、意気込んで答える。

「食事をしながら、いろいろなお話を！」

「そうね」千鶴子は微笑んで、タクシー乗り場に向かう。「あなたのホテル経由で、私のビジネスホテルまでまわってもらう。そして、改めて出直しましょう。今夜も楽しみね。あなたの話を聞きたい」

「私こそ！」

二人は内宮前に待機しているタクシーに乗り込んだ。

＊

雅のホテルまで千鶴子が迎えに来てくれ、二人はそのまま夕食に出る。

この辺りの名物が何故か鰻《うなぎ》だということを、先ほどのタクシー運転手から聞いたので、千鶴子と二人で相談し、せっかくだからと少し（凄く）奮発して鰻を食べることにしたのだ。ますます予算オーバーになってしまうけれど、仕方ない。きっと、今日の自分にとって何よりも必要なものなのだ！　雅は自分に言い聞かせた。

ホテルで店を調べてもらって予約を入れ、到着すると小綺麗な老舗の店だった。店の外まで鰻を焼く香りがふんわりと漂い、急にお腹が空いてくる。

中に入ってテーブル席に座ると、饅重を二つ注文したが、少し時間がかかりますと言われたので、軽いおつまみと地ビールを頼む。それが運ばれてくるや否や「お疲れさまでした！」と乾杯する。

朝から神社巡りで散々歩いて、シャワーを浴びてサッパリした後の地ビールほど美味しいものは、この世で他にないのでは？

しかも、その相手は千鶴子。きっと楽しい夜になる。

乾杯のグラスを一息に半分ほど空けてしまった雅に、

「それで」千鶴子が早速尋ねてきた。「今日一日伊勢をまわって『男千木・女千木』に関して、結局どう考えた？」

はい、と雅は少し顔を曇らせながら答えた。

「益々混乱してしまいました。だって、同じ『月読命《つきよみ》』を祀っている『月夜見宮』と『月讀宮』なのに、一方は男千木、一方は女千木でしたし。さらに月讀宮で祀られていた伊弉諾尊の社も、女千木でした。滅茶苦茶です」

「それに加えて、猿田彦神社もね」

「はい。あと、千鶴子さんのおっしゃっていた熱田神宮に関しても——」

「あそこは」千鶴子は微笑む。「たぶん、祭神が違う」

「祭神が――って」

雅は、キョトンとした顔で千鶴子を見た。

「まさか、草薙剣《くさなぎのつるぎ》じゃないっておっしゃるんですか？」

「おそらく」

「じゃあ、何だと！」

「まだ特定できていない。でも――」

千鶴子はグラスを空け、雅がビールを注ぐ。

「沢史生《さわしせい》もあの神宮について、

『剣一振りのために、宏大壮麗な神宮が造営されるはずがないではないか』

と言っている。この神宮は『神剣に仮託され』た神が、朝廷によって『無残に封じ込められ』ているのだと。まさにその通りだと思う。それに、誰もが知っているように、本物の草薙剣は平安時代、壇ノ浦で沈んでいる。もし、御神体として奉斎していたとしても、それはレプリカ。そのレプリカ一本のために、ずっと神宮が存続しているというのも変でしょう」

「確かに……」

としか返答のしようがない雅を見て、千鶴子は笑った。

「でも、これはまた別の機会にしましょう。私も、もっと調べてみるわ」

「はい」雅もグラスを空け、千鶴子に注いでもらいながら言う。「じゃあ、伊勢はどうなんでしょうか？　さすがに祭神が違うということはありませんよね」

「……あるかもしれない」

「本当ですか！」

「さっきの内宮で、後で話しましょうと言ったでしょう」

千鶴子は声をひそめながら言うと、地ビールをもう一本注文して続けた。

「現在、外宮は豊受《とようけ》大神という、天照大神の御饌都神《みけつかみ》、つまり女神ということになっているけど、千木は――」

「男千木でした」雅は言う。「間違いなく」

「でもね、鎌倉時代の医僧で連歌師の、坂十仏《さかじゅうぶつ》が記した『伊勢太神宮参詣記』には、『内宮は日神で女神。外宮は月神で男神なり』と、きちんと書かれている」

千鶴子はスマホを操作して日枝山王大学のデータベースにアクセスすると、雅に見せた。

「……本当です」

それを覗き込んで驚く雅に、千鶴子はさらに言う。

「鎌倉後期の僧・通海《つうかい》の『通海参詣記』によれば、

『斎宮は皇大神宮の后で、夜な夜な（神が）通うので、斎宮の御衾には、朝になると蛇のウロコが落ちている』

という噂が立ったという。つまり『皇大神宮』内宮――の神すらも『男神』で『蛇』だったということになる」

御子神も、同じことを言っていた。

斎宮を妻としている伊勢の神は、当然、男神だったと――。

「でも」と雅は尋ねる。「それは、月読命じゃないんですか？　外宮近くの『神路《かみじ》通り』を通って、毎夜、豊受大神のもとに通った男神」

「月読命も、間違いなく男性神ね」

「その命が通ったというんですから、やはりその相手である外宮の祭神は、女神の豊受大神になるんじゃ――」

「そちらに関しては、夫婦神と考えれば何も問題ない」

「夫婦？」

「男千木を載せた自分の宮に、妻神を住まわせていると考えれば」

「月読命と豊受大神が、夫婦神？」

「私はそう考えてる。というのも――」

千鶴子の言葉が止まり、自分の額をトントンと軽く叩く。

少しして、

「どうかしましたか？」

ビールを注ぎながら尋ねる雅に千鶴子は、

「あ、ああ……ごめんなさい」と微笑みながら謝った。「ちょっと、また面白いことに思い当たった。これは、改めて説明するわ。それで……何の話をしてたんだっけ」

「はい。月読命と豊受大神が夫婦神だって」

そうそう、と答えて千鶴子はグラスを傾ける。

「おそらく――というより、間違いなく。それに私は、月読命と天照大神も夫婦神だったと考えてる」

「天照大神も！」

雅は驚いてグラスのビールを一息に飲み干してしまった。

それを見た千鶴子は、ここから先は地酒にしましょうと言った。雅は、お茶にすべきではないのか……という心の声が聞こえなかったことにして、賛成した。

頼む銘柄は、もちろん「作《ざく》」。

もともとこの近辺は、酒造りが盛んな土地だったらしい。何しろ、鈴鹿《すずか》山脈から流れ出る清冽《せいれつ》な水と、米は山田錦《やまだにしき》の親株の山田穂《ほ》。伊勢参りにやってきた人々誰もが、伊勢の酒の旨さに驚いて土産にした。その名残を留めている酒が「作」だという。美味しくないはずがない――。

「それで、今の話」千鶴子が雅に答える。「現在の祭神が滅茶苦茶になってしまっている可能性も否定できない。神宮司庁が言っていたように、千木の形や鰹木の本数を、本当にその宮や社に任せてしまっているのかもしれない。というより、誰も各々の社や宮の本当の祭神が分からなくなってしまっている可能性もある」

「まさか！」

「あなたは、文明《ぶんめい》の乱を知ってるかしら」

「応仁の乱ですか？」

「『応仁・文明の乱』じゃないほう。伊勢の、伊勢の文明の乱」

「そんな乱が、あったんですか」

「文明十八年（一四八六）に、伊勢国司だった北畠《きたばたけ》氏まで巻き込んだ、内宮対外宮、宇治対山田という、武力衝突が起こった」

「武力衝突！」

「松本清張が、同じ神宮同士の『恥かしい争い』と言った戦い。敗れて追いつめられた外宮側の中心人物だった榎倉武則《えのきぐらたけのり》は、外宮正殿に火を放って切腹したとも伝えられている」

「そんな……」

「乱の結果、正殿は完全に焼失し、それを深く嘆いた敵方――内宮方の一禰宜《いちのねぎ》・荒木《あらき》田氏経《だうじつね》は、断食して自ら命を絶ったといわれてる」

「荒木田……」

「内宮の祠官《しかん》――神官を受け継いできた氏族。あえて簡単に言ってしまえば、代々の宮司。ちなみに荒木田氏には、やはり一禰宜の荒木田守武《もりたけ》という人物がいる。守武は、かの俳聖・松尾芭蕉《まつおばしょう》が尊崇していた歌人で、

元日や神代のことも思はるる

という句が有名。初めて連歌から俳諧を独立させた人なのよ」

「はあ……」

「まあそんなわけで、外宮正殿は跡形もなくなってしまったんだけれど、それでなくとも、消えてしまった社や遥拝所はいくらでもあるわ。ここに見える外宮の三の鳥居も今はないでしょう」

千鶴子はスマホを開くと『伊勢参宮名所図会』の写真を雅に見せた。

「この図にあるように、当時は誰でも外宮の『玉串御門』――現在の『内玉垣南御門』直前まで進んで参拝することができた」

「四重の玉垣の最後の瑞垣の前までですか！」

「ほら、ここ」

千鶴子が指差す場所を見れば、確かに何人もの参詣者が瑞垣の前まで進んで参拝している姿が描かれていた。もちろん現在は、雅たちのような一般参詣者は絶対にそこまで入れない。

「神社は変容していいいいるのよ」千鶴子は言う。「創建年代が古いからと言って、昔のまま何も変わらずに残っているとは限らない。いえ、そういった神社のほうが珍しいかもしれないわね」

「そうですね……」

雅が神妙な顔で頷いたとき「作」が運ばれてきた。

雅たちは、手酌で自分のお猪口《ちょこ》に注ぐ。美味しい日本酒は、自分で飲みたい時に好きな量だけ飲めば良い、というのが千鶴子と雅のルールだった。

お猪口に注いだ瞬間、香りが立った。

一口飲むと、

〝美味しい……〟

という平凡な言葉しか出てこなかった。

米の香りがどうのこうのとか、甘みがどうのこうのとか、そんな修飾はいらない。

美味しいお酒は美味しいのだ！

一口目でいきなりお猪口を空けてしまって千鶴子に笑われたが、雅はめげずに二杯目を手酌で注いで尋ねた。

「内宮も、やはりいろいろと違っているんですか？」

「もちろんそうだけど」

千鶴子は違う写真を見せる。

「こっちのほうが、凄いかも」

雅が覗き込むと、広い海岸線が描かれていた。

どこだろうと題名を見ると、

「二見浦……」

中央右寄りに夫婦岩が描かれ、後方には富士山と日の出。

あとは、ごつごつした岩と、二見興玉神社で見た砂浜が一面に広がっていて、そこに数人の人々がいる。

日の出に向かって万歳をしている人。酒宴を張っている人。まだ薄暗いのだろう、提灯を手に歩いている人たち。

でも――それだけだ。

周りには何もない。

いや、図の下方に一軒の家が描かれている。屋根に石を載せた、貧しそうな家だ。辺りには神社も、祠すらもなかった。

啞然としてその画を眺めていた雅は、ふと思い出した。

その二見興玉神社といえば！

やはり、本殿の千木が女千木だった。

「それどころか、猿田彦神社も――」

「あなたの話を聞いて思ったんだけれど」

千鶴子は言った。

「二見興玉神社や猿田彦神社の本殿には、本当に猿田彦神が祀られているのかしら？」

「だって、それは――」

雅の言葉を制するように、千鶴子は続ける。

「そもそも猿田彦神社は、猿田彦神の末裔と称する宇治土公《うじとこ》氏が邸宅内で祀っていた神を、明治になって改めて神社にしたの。宇治土公氏も、もともとは『磯部《いそべ》』姓だった。それを、後一条《ごいちじょう》天皇のころ――一〇〇〇年代前半に『宇治土公』と改めたというから、その間にいろいろな変遷があったんでしょうね」

「ああ……」

「さっきも言ったように、猿田彦神を祀る本社だと自任している伊勢国一の宮・椿《つばき》大神社《おおかみのやしろ》の社殿は、もちろん男千木。そして、天鈿女命を祀る社は女千木。また、千葉県・銚子《ちょうし》にある猿田神社も男千木。奈良県・猿沢《さるさわ》池近くの猿田彦神社も、男千木。もっと言えば、猿田彦神と深く関わりを持つ大神《おおみわ》神社摂社で、狭井《さい》大神を祀っている率川《いさがわ》神社も――」

「男千木でした！」

二見浦《ふたみのうら》

二見の浦ハ清き渚浜の辺りの松が枝ニて山をあれといふ立石のをニ所エラく二見の名を得るゝあれども悪く抜どうも見る汐の干ぬまでハ其の貝を拾ひ漁者ある村ハ細き道をして浜の五六町ばかり真奥あり

我ハ立石浦通ハ真五の詳しく遠州の名所岩ハ汐干にいふ女夫岩神あり名猿田彦とばかりの神と云

されども潮ハその貝を掘る海女と書海の神を祭るべし猿田彦と

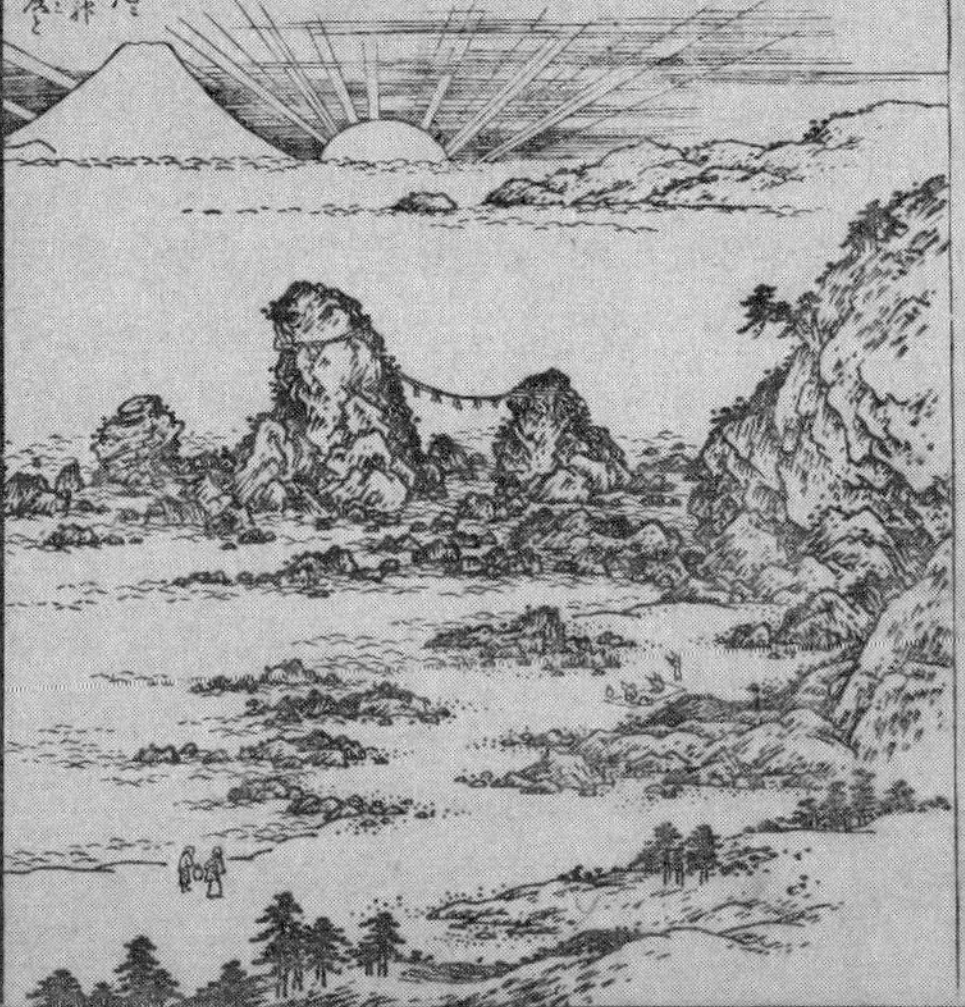

いふには至らず、それ又磯の砂ハ珊瑚のやうなるもの多くして実に珊瑚に似たる石あり又旭の富士を見る事清く云ふべし日の地平を離るゝ時ハ海の金色く見へて未だ和歌浦

世に二見文台といひて此の縁にかけて有有名なる所に似たく運び来て扇をよしやせしより真砂の台とも硯のいはれやうべきあればことわざ

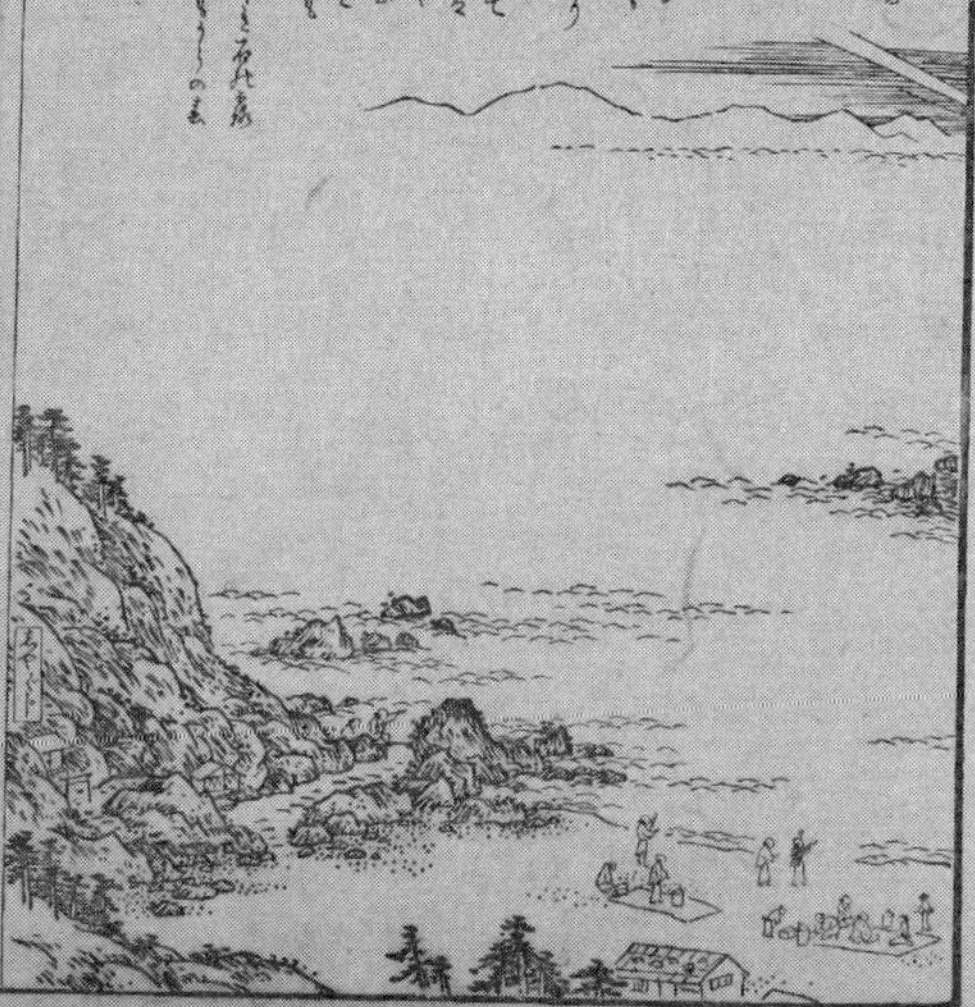

奈良に行ったとき、千鶴子と一緒に参拝した。

「ということは……」雅は言う。「猿田彦神を祀っているとうたっている神社では、ここ伊勢の二見興玉神社と、猿田彦神社だけが女千木ということですか」

「そうなるわね」

何ということ……。

そして、それは何故？

雅が嘆息して天井を仰いだとき、待望の鰻重が運ばれてきた。

わーっと歓びながら重箱の蓋を開けると、何とも言えない香りがふんわりと鼻をくすぐる。中は、ふっくらと焼かれた鰻が湯気を立てている。まさに「ハレの箱」だ。お膳には、肝吸いとお新香が添えられ、嫌でも食欲をそそる。雅は手を合わせて「いただきます」と箸を取った。

何でこんなに幸せになれるんだろうと思いながら、鰻と、タレの染みこんだご飯を口に運ぶ。そして一緒に呑む「作」がまた美味しくて……。

御子神の仏頂面《ぶっちょうづら》から始まった今日一日の疲れが完全に取れた！

「でも」雅は頬張りながら何気なく尋ねた。「どうして鰻が、この辺りの名物なんでしょう。成田山や鹿島神宮なら、すぐ近くに水郷があるから分かりますけど」

「あなたは」千鶴子がお猪口を空け、手酌で注ぐと逆に尋ねてきた。「鰻を食べない人や地域があるのを知ってる？」

「えっ。鰻は絶滅の危機にあるから……とか」

そういう意味じゃない、と千鶴子は首を横に振った。

「虚空蔵菩薩《こくうぞうぼさつ》、あるいは弁財天を強く信仰している人たちは、鰻を彼らのお使いと考えているから、決して口にしない。あるいは『丑寅《うしとら》生まれの人は、一代の守り本尊・虚空蔵菩薩にて、生涯、鰻を食うことを禁ず』などと書かれた書物もある」

「知りませんでした。丑の日には食べるのに、丑寅生まれの人はダメなんですね」

「丑の日は、江戸時代に平賀源内《ひらがげんない》が勝手に——鰻屋さんの戦略で——言い出したことだけど」

千鶴子は雅を覗き込む。

「じゃあ、どうして誰もが『丑の日には鰻』と言われて納得したんだと思う？　もちろん、大伴家持《おおとものやかもち》の頃から、夏痩せには鰻が効くといわれていた。でも、理屈っぽくて洒落の利く江戸っ子が、素直に納得してしまった。それは何故？」

「そういわれれば……そうですよね」雅は首を捻る。「普通に考えれば『○○の日には△△を食べろ』なんて言われたら、何故ですかって必ず訊きます……。どうしてなんですか？」

さあ、と千鶴子は笑いながら首を捻った。

「でも、丑寅じゃないけど、丑は『大人《うし》』で同時に『牛』でもあるから、素戔嗚尊とも考えられている牛頭天王《ごずてんのう》に通じる。その日に、弁財天の使いでもある鰻を食べよう……って、何となく繋がる気がする。私はこれ以上詳しく分からないけれど。あなたも考えてみて。面白いテーマになるかもしれないわ」

「はい！　自信はありませんけど……」

「あと、鰻は『海来《うなき》』ともいわれていて、これは海からの『客《まれびと》』のこと。つまり海人《かいじん》——海神《わだつみ》ね。だからこそ、ここ伊勢や鹿島で好まれたのかもしれない」

「海神ですか……」

「それこそ、伊勢の大神・猿田彦神よ」

突然、話が戻った。

伊勢の神。塞の神。

猿田彦大神——。

雅は、先日の京都で聞いた千鶴子の話を思い返す。

猿田彦神が妻神である天鈿女命に殺害されたと聞いて、目を丸くした雅に、千鶴子は言った。

〝『書紀』神代下《かみよのしものまき》第九段に、こうある。

『即《すなわ》ち天鈿女命、猨田彦神の所乞《こわし》の随《まにま》に、遂《つい》に侍送《あいおく》る』――天鈿女命が猿田彦神を送り届けた、と〟

〝どこへ送ったかは、言うまでもないわね――誰かを『送る』場所は、必ずいつでも彼岸――あの世ということ〟

確かにそのとおりだ。

その逆説的な証明として「送る」という記述に関し、何も解説が書かれていないからだ。誰もが「伊勢に送り届けて帰ってきた」というけれど、随分あっさりしすぎなんじゃないかと、感じていた部分。しかし当時の人たちにすれば、注釈を入れる必要もないくらい「当たり前の話」だったのだ。

さらに千鶴子は「天鈿女命も、殺害された」と言った。

〝暗殺者を殺して口を封じるというのは遠い昔からのお定まりの手段だし、天皇家守護の宮中八神殿《はっしんでん》の第六殿に『大宮売神《おおみやのめ》』として祀られているのが証拠の一つ〟であり、また、

〝市杵嶋姫命《いちきしまひめ》同様、大怨霊の宇迦之御魂《うかのみたま》神と同神とも言われている。これらの状況証拠から、私は天鈿女命も猿田彦神と同じく、怨霊神だと考えてる〟

——と。

「あの話には、本当に驚きました」雅はお猪口を口に運びながら言った。「初めて聞いたから」

「そう？」千鶴子は辺りを窺って声をひそめた。「『古今著聞集《ここんちよもんじゆう》』にも『つびは筑紫《つくし》つび』『まらは伊勢まら』とまで書かれていたのにね」

「は？」雅は訊き返す。「それが何か——」

「もちろん、筑紫の神・天鈿女命の女性器が最上で、それに見合うのは、伊勢の神・猿田彦神の男性器だという意味よ。それほど『相性』が良かったということ」

「え……」

思わず顔を赤らめた雅に、

「でも」と千鶴子は言った。「また新しい説を仕入れた」

「それは——」

身を乗り出す雅に千鶴子は、

「あなたは、猿田彦神の最期を知っているでしょう」

と言って暗誦する。

「かれその猨田毘古《さるたびこ》神、阿耶訶《あざか》に坐《いま》す時漁《すなどり》して、比良夫《ひらぶ》貝にその手を咋《く》ひ合《あ》わさえて、海塩《うしお》に沈み溺れましき」

「『古事記』ですね。猿田彦神は、阿耶訶におられたとき、漁をしていて比良夫貝に手を挟まれ、海に沈んで溺れてしまった――」

「でもね、大男の猿田彦神を、海に引きずり込めるような貝が、伊勢に存在すると思う？　しかも猿田彦神は、単なる山奥の巨人だっただけではなく、同時に、海で生活している海神でもあった。その神が貝に手を挟まれて溺れるなんて、常識ではとても考えられない」

　確かにそうだ。

　しかも、この比良夫貝はどんな貝なのか判明していない謎の貝なのだ。二見興玉神社でも、おそらくこんなものだろうということで、全長一・五メートル、重さ二百三十キロという大きな「オオシャコガイ」が展示されていた。

　そこで、と千鶴子は言う。

「海神《わだつみ》文化研究者の富田《とみた》弘子《ひろこ》がこんなことを言ってる」

「海神文化研究者……」

変わった肩書だけど、ちょっと興味を惹かれる——と心の中で思っていると、

「まず」と千鶴子は続けた。「阿耶訶で溺死はできない」

え。

いきなり凄い展開だ。

「『阿耶訶とは現三重県松阪市の小阿耶訶・大阿耶訶に比定されるが、当地は一志断層崖の東麓に形成された複合扇状地の扇央部に当たり、海からはほど遠い山の麓に位置している』

とね。これは、民俗学者の谷川健一も同じようなことを言ってる」

千鶴子はスマホの地図を開いて雅に見せる。

確かに現在は、山の麓だ。

「でも」雅は尋ねる。「遥か昔の地形は——」

「富田弘子は国土地理院にもアクセスしたけれど、やはり阿耶訶の海が隆起して山になったという情報はなかったという。しかも、

『溺死の原因を担ったヒラブ貝であるが、これは従来シャコ貝と解釈されてきた』

二見興玉神社の、例の貝だ。

「ところが、

『このシャコ貝は猿田彦が漁をしていた伊勢湾には存在し得ない。猿田彦ほどの偉丈夫な神を、海底に沈めるシャコ貝といえば、殻長一メートルを超えるオオシャコガイを想定すべきである』

とね。そうなると、そんな大きなシャコ貝の生息地は、沖縄以南の熱帯太平洋中部や、インド洋の熱帯から亜熱帯海域の珊瑚礁の浅海になってしまう。とても伊勢湾では生息していなかった、ということのようね」

「じゃあ……猿田彦神はどうやって」

「天鈿女命によって、阿耶訶の辺りで殺されたんでしょうね。それを『古事記』は、天鈿女命に『送られ』たあげく、比良夫貝——天鈿女命に手を挟まれて溺れたと書いた。京都でも言ったけれど、誰かを『送る』のは、あの世。『野辺送り』『葬送』『サネモリ送り』『霊《たま》送り』などと同様、その人間を『黄泉《よみ》の国』『常世《とこよ》』へ送るということだから」

「でも、妻神である天鈿女命に……」

まだ釈然としない雅に、千鶴子は言う。

「いい？『猿田毘古神を送りて還り到りて』その後に、彼女がしたことといえば、

『大小のあらゆる魚類を追い集めて「おまえたちは、天つ神の御子の御膳《みけ》としてお仕え申し上げるか」』

と詰問したのよ。これは完全に、残党狩り。おまえたちの大将は死んだ。さあ、どうするつもりだ、というわけね。だから、ほとんどの『魚』たちは『お仕え申しましょう』と答えた。でも『海鼠《なまこ》』だけは答えなかったために天鈿女命は、

『この口や答へぬ口』

と言って、小刀でその口を斬り裂いた――と書かれている」

「酷い……」

「だからこそ『伊勢国風土記逸文』には、阿佐賀《あさか》には荒ぶる神が棲み、

『百《もも》往《たり》く人は五十人を亡《ころ》し、四十《よそたり》往く人は廿人を亡しき。これによりて、倭姫の命、度会の郡宇遅《うじ》の村五十鈴川の宮に入りましまさず』

とまである。それほど恐れられた荒神の正体が、おそらくは謀略によって殺害された猿田彦神の怨霊だったと考えれば、とても納得できる」

「なるほど……」

でも、と千鶴子は苦笑いした。

「阿耶訶が、本当に猿田彦神が殺された場所かどうかは、はっきりしていない」

「え。だって、そう書かれているんじゃないんですか？」

「阿耶訶が伊勢国だって強く主張したのは、江戸時代の、出口延経《でぐちのぶつね》なのよ」

「出口って……」

「さっき言った、出口延佳《のぶよし》の次男で、伊勢神宮・外宮《げくう》の神官だった人物。本姓は、度会《わたらい》氏。その結果、猿田彦神が崩じた場所は、伊勢国・阿耶訶となったの。阿耶訶の地を、どうしても自分たちの地元に持ってきたかったんでしょうね。まあ、当然と言えば当然だけど」

「ああ……」

「ちなみに、この出口延経が、外宮の祭神は女神『豊受大神』だと強く主張した」

お猪口を空けながら千鶴子は言う。

「そういえば、どこかでこんな文章を読んだわ。作家の荒俣宏《あらまたひろし》だったかな……」

スマホを操作して画面を出すと、読み上げた。

「『なぜサルタヒコがフナトノカミなのか。定説によれば、フナトの原形はクナトで、チマタ（道叉、すなわち三叉路や辻のような、道の分岐するところ）のことだという。なぜクナトという名かといえば、侵入することを禁止する「来勿《くな》」の意味からきたらしい。分岐路は国の境や境界をあらわす場合が多く、そういうところには邪悪なものがはいってこないよう「塞の神」を立てた』

『サルタヒコはついに一本足の傘のお化けのような姿になってしまった』

——って、これはとても素晴らしいことを言ってる。でも、おそらく本人は、自分の言っていることの重要さに気がついていないみたいだけど」

千鶴子は言うと、早速運ばれてきた「作」を手酌で注ぎながら言った。

「まず、猿田彦神が『フナトノカミ』だという点だけど、以前に説明したかしら。『フナト』『クナト』は、セックスを表している言葉だって」

「えっと……」雅はドギマギしながら答える。「どうでしたか……」

「これに関して今は、深入りしないけど『クナト』は『クナグ』からきてる、性交を表す言葉。これが『フナ』でも同じ。『船玉様《ふなだま》』といったら、女性の陰部のことでしょう」

「はい……」

雅は小さく頷く。歌舞伎の台詞などでも耳にする言い回しだ。

「まさに、道祖神のモデルといわれる猿田彦神と天鈿女命に似合いの言葉ね。とにかく——そして、猿田彦神は『一本足』になった。つまり『塞の神』で、製鉄神だったということ」

「あ……」

天秤踏鞴《てんびんだたら》を延々と踏み続ける「番子《ばんこ》」たちは、その重労働によって誰もが片足を悪くし、火処《ほど》――炉の火を三日三晩見続けなくてはならない「村下《むらげ》」は、片目の視力をなくしてしまった。そのため「一本足」「一つ目」が、彼らの代名詞となった。

これらは出雲で実際に学んだし、大学生時代には水野から、そして最近は御子神からも聞かされている。一つ目小僧や一本足の唐傘《からかさ》お化けは、産鉄民を揶揄《やゆ》した妖怪なんだと。

たとえば文部省唱歌の「案山子《かかし》」という童謡もそうだ。

山田の中の　一本足の案山子
天気の良いのに　蓑笠つけて
朝から晩まで　ただ立ち通し
歩けないのか　山田の案山子
山田の中の　一本足の案山子
弓矢で威《おど》して　力《りき》んでおれど

山では烏が　かあかと笑う
耳が無いのか　山田の案山子

この歌は種々の差別に繋がるという理由で、最近はほとんど歌われることもない。しかし、歌詞の内容としては間違いなく「案山子」をバカにしてからかっている。

蓑笠姿とは、
「青草《あおくさ》を結束《ゆ》ひて、笠蓑として」
身にまとった姿で追放された素戔嗚尊のことだ。この案山子に関しては御子神も解説してくれた。

案山子の古名である「山田のそほど」の「そほど」の「そほ」は「赭《そほ》」――「丹《に》」で「辰砂《しんしゃ》。つまり水銀の原料なんだ」と。

しかし、そんな案山子も『古事記』では、
「尽《ことごと》く天下《あめのした》の事を知れる神なり」
天下第一の知恵者であると書かれ、奈良の大神神社でもそのように扱われていた。

朝廷の貴族たちからはバカにされ蔑まれていた産鉄民たちも、一般庶民からは尊敬されていたのだろう……と思い出していた雅に、

「塞の神の『塞』は」

　と千鶴子は言う。

「歴史家の柴田弘武《しばたひろたけ》も言っているとおり『サヒ』『サビ』で、鉄の古語。さっきも言ったけど『賽銭』の『賽』は『塞』と『貝』。ちなみに、この字を使う『賽子《さいころ》』は、もともと『神占《かみうら》』の具だった。そして『塞』は『呪具を以て邪霊を閉じ込める意』で『土地の神を道の要所や辺境の要害の地に設けて、異族邪霊を封ずる呪禁《じゅごん》とする』こと——。塞の神の猿田彦神は、同時に『鉄の神』だった」

　千鶴子はお猪口を空けると、さらに続ける。

「というのも、天照大神と共に倭姫命が巡幸した地は、全て産鉄の地だったという説もある。そして、最終的に朱——水銀で有名な伊勢に辿り着いた。おそらく当時は、鉄も豊富だったんだろうと推察できる。何しろ産鉄民の親玉・猿田彦神が治めていたんだから。でも——」

　千鶴子は笑った。

「この話も、今はここまで。もっといろいろと調べて物証をたくさん摑んでからね」

「はい」

「ああ、そうそう」千鶴子は再びスマホを見た。「『書紀』に、こんな記述があるのを知ってる？」

雅が覗き込むと「皇極《こうぎょく》天皇」の条だった。

「四年の春正月《むつき》に、或いは阜嶺《おかたけ》（丘の峰続きの場所）に、或いは河辺に、或いは宮寺《みやてら》の間にして、遥かに見るに物有り。而して猴《さる》の吟《さまようおと》を聴く。或いは一十許《とおあまりばかり》、或いは二十許《はたち》。就《ゆ》きて視《み》れば、物便《ものすなわ》ち見えずして、尚《なお》鳴き嘯《うそむ》く響聞《おときこ》ゆ。其の身を観《み》ること獲《う》るに能《あた》はず。

（中略）

時の人の曰《い》はく、『此《これ》は是《これ》、伊勢大神《いせのおおかみ》の使《みつかい》なり』といふ」

つまり——。

目に見えない「猿」が「伊勢大神」の使い……猿田彦神が伊勢の大神だということなのではないか？　はっきりと記されてはいないけれど「猿」といえば「伊勢」ということが当時の常識として受け止められていた。

となると昔は、伊勢の神といえば男千木の「外宮」の神を指していたのか。だから「外宮先祭」。とはいえ「外宮」に猿田彦神が祀られている気配はない。たとえ男神の月読命が祀られていたとしても、それは猿田彦神ではない……。

これは、どういうことなのだ？

千鶴子が言ったように、本当に「滅茶苦茶」ではないか。

いや「神社は変容している」のかもしれない。

そうだ。

伊勢神宮に関しては、持統天皇の御代に豹変した。天武天皇から持統天皇に受け継がれた時点で、男神から女神へと変容したのだ。そしてその際に、もともといらっしゃった猿田彦神が、外に追いやられた。これならば、何とか辻褄が合う……。

半ば呆然としながら「作」を空けた雅に、

「美味しかった」千鶴子が笑いかけた。「でも、もう少し話したいわね……。どこか場所を変えて、あと少しだけ飲まない？」

全く断る理由を持ち合わせていなかった雅は、

「はい！」

と答えて、二人は席を立った。

これ以上何も入らないほど満腹で満足だったから、お酒だけ軽く飲める店に行くことにした。

＊

しかし、不案内な土地で今から探し歩くのもどうなのか……と考えて、千鶴子の泊まっているビジネスホテルの小さなバーラウンジに行くことにした。

二人は静かなラウンジの低いテーブルを挟んで座り、雅はジン・トニックを、千鶴子はバーボンのソーダ割りを注文した。なかなか男前なオーダーだが、どこで飲んでも、外す確率はかなり低い飲み物だ。

再び乾杯すると早速、雅は言った。

「千鶴子さんのお話を伺っていると、外宮の神は男神で、しかもそれが——月読命にしても猿田彦神にしても——荒ぶる神で怨霊ですよね。そして、内宮の天照大神に関しては、水野先生が『大怨霊』だとおっしゃいました。それで、さっき歩きながら思ったんですけど、外宮も内宮も四至神《みやのめぐり》も、その正宮・正殿の前に『蕃塀《ばんぺい》』が建っているじゃないですか」

「今はいろいろな神社の拝殿前に建てられたりしているけど、もともとは伊勢神宮から始まっているといわれる、大きな塀ね」

「はい。あれは一般的な説明では、中にいらっしゃる神様をお護りしている、不浄なモノを入れないためにあるって言われてますけど……」

「それが？」

「実は、中にいらっしゃる神が、外に出ないようにするために建てられているんじゃないか、って思ったんです。だって、全て怨霊神と考えられますから」

「……なるほど」千鶴子は微笑みながらグラスを傾ける。「不浄なモノを入れないようにという目的ならば、もっと入り口近くに建っているべきだし、たとえば内宮正宮の蕃塀の外側には、禊ぎのための川しか流れていないしね。一方、怨霊は一直線にしか進めないことを思えば、中から外へは出られない」

「はい」

「本当にそうかも。面白い。今あなたが言ったように、月読命も猿田彦神も、間違いなく怨霊だし」

千鶴子は楽しそうに笑ったけれど——。

雅は「猿田彦神」という言葉で思い出す。

千鶴子の意見を聞きたいと思っていた、例の「日《にち》ユ同祖論」だ。

たとえば、猿田彦神の「高鼻・赤ら顔の風貌」が、ユダヤ人そっくりで……。

そんなことを尋ねてみると、千鶴子は答える。

「当時の日本は、中国大陸や朝鮮半島を始めとする大陸から来た大勢の人々との交流があったんだから、当然その中にユダヤ人もいたでしょう。だから、猿田彦神がユダヤ人とのハーフやクオーターであっても、何の不思議もない」

「でも」

雅は問いかける。

「猿田彦神は天狗《てんぐ》のモデルともいわれていますから、そうなると天狗もユダヤからきていることに……」

「それは——日本には昔から八咫烏《やたがらす》や烏天狗が存在している、だから日本人のルーツは『烏』だと主張しているようなものよ」

それはさすがに、ちょっと極論かも。

クスッ、と笑う雅の前で千鶴子は言う。

「そもそも、猿田彦が赤ら顔だったというのは、古代人の色彩感覚から見れば、色そのものではなくて、明るさが著しかったということでしょう。さっきの荒俣宏《あらまたひろし》じゃないけど、猿田彦神は『白く輝いていた神』だった」

「ああ……」

「私個人としては、猿田彦神は秦氏《はたうじ》と関係があったんじゃないかって思ってる。そして、第十五代・応神《おうじん》天皇の時代に大陸から渡来した秦氏は、景教《けいきよう》——キリスト教ネストリウス派の拠点だったとされる弓月《ゆづき》国に住んでいたといわれるから、その信仰も同時に持ち込んだ可能性も充分にある。でも、それが猿田彦神たちの本質かと言ったら、そんなことはない。先祖が、どこの国の出身だったかというだけの話」

「それじゃ……」

絶好のタイミングだと思い、雅は尋ねてみたかった質問を繰り出す。

古代イスラエル神殿は、建築後に「賽銭箱」が備えられた。しかも、神殿前には「狛犬」のように、対のライオン像が置かれていたという。果たしてこれが、日本の神社の原形なのか？

「さっきも言ったように」

千鶴子はグラスを傾けた。

「伊勢神宮にないものは、

狛犬《こまいぬ》。

賽銭《さいせん》箱。

鳥居の注連縄《しめなわ》。

拝殿前の鈴。

お神籤《みくじ》。


古代イスラエル神殿に存在していたという、いわゆる『賽銭箱』も『狛犬』も、伊勢神宮には両方とも当てはまらない。何しろ初めから存在していないんだから」

「そう……ですよね」

「また」千鶴子は続けた。「ヘブライ人は、二本の柱と鴨居に羊の血を塗って『赤く』染め、これが『鳥居』の起源だと主張している人もいるみたい」

「本当ですか？」

「でも、伊勢神宮などの古い神社の鳥居は白木だし、また稲荷を始めとする鳥居の色は『赤』ではなく『朱色』」

「そうです！　魔除けとしての『朱』——水銀からきていると習いました」

そうね、と千鶴子は微笑む。

「それに、彼らの言う『太陽信仰』に関しては、日本だけではなく世界各地にあるから、天照大神はアセナテ――『旧約聖書』創世記のヨセフの妻――からきているという説には、これも素直には頷けないわね」

じゃあ、と雅はジン・トニックを一口飲んで身を乗り出して尋ねる。

「伊勢や元伊勢・籠神社《このじんじゃ》に、六芒星《ろくぼう》が残されていたというものがあるようなんですけど、これはどうなんでしょう？　たとえば、伊勢神宮の内宮から外宮に至る参道の石灯籠には、ユダヤの紋章である『ダビデの星』が刻み込まれているとか、元伊勢・籠神社の奥の院・真名井《まない》神社の裏家紋も、六芒星――ダビデの星だったなど……」

そもそも、と千鶴子は答えた。

「『ダビデの星』はダビデ王とは無関係で、その子、ソロモンの『五芒星《ごぼう》』や『六芒星』からきているんでしょう。それ以前の話として、伊勢神宮の石灯籠の紋章は近代になって刻まれたというし『ダビデの星』の六芒星というより、私は素直に、伊勢の神――太陽のマークに近いのではないかと思うわ。あれを『ダビデの星』と言うのは強弁じゃないかしら」

と言ってスマホで写した図形を見せる。

確かにそうだ。

六芒星の中心に「○」があるように見える。まさしく、子どもたちが画に描く「太陽」ではないのか……。

「また」と千鶴子は続けた。「特に『五芒星』に関しては、BC四〇〇〇年のメソポタミア文明からで、それがユダヤのシンボルの一つとなったのは、中世以降のこと。それまでは、アジアのどこにでもある文様だった。むしろユダヤのシンボルといえば『メノーラー』ね」

何かの映画で見たことがある。

大きな燭台で、中心の太い一本の幹から左右に三本ずつ、あるいは四本ずつ、緩いカーブを描いた枝が左右対称に――大中小のUの字を重ねたように伸びている。

それをモチーフにしたイスラエルの国章は七枝で、その周りにオリーブの枝葉が飾られている。

「メノーラーに関しても、あれは奈良・石上神宮《いそのかみ》の七支刀《しちしとう》だとか、八岐大蛇《やまたのおろち》のモデルなのだとか言った人もいるようだけれど、それは無理がありすぎる」

千鶴子は笑った。

「七支刀は鹿の角のような姿で、メノーラーとは全く形状が違うし、八岐大蛇といってもメノーラーはその『尾』が七本、あるいは九本で必ず奇数。八本のメノーラーは物理的に存在しない」

「本当にそうですよね……」

頷きながらグラスを傾ける雅を見て、千鶴子は言う。

「ということで、『日ユ同祖論』説に従うと、安倍晴明——五行説や、陰陽道までもがユダヤ由来になってしまう。これはあり得ない。むしろ日本独自の思想としては『太陽・月・星』——天照大神・月読命・素戔嗚尊、と言っても良い——の三辰信仰《さんしん》の『三角形』だったんじゃないかしら」

「伊弉諾尊の禊ぎから生まれた『三貴神《さんきしん》』——水野先生曰く『三鬼神』ですね」

そう、と千鶴子は頷いた。

「現代と明治だって、風俗から慣習から文化まで、あらゆる点で違うじゃない。江戸時代なんてなったら、もっと違ってくる。だから、その伝統や歴史は、一千年前の我々がルーツなんだと主張されても『ああ、そうだったんですね』で終わってしまう話でしょう」

「そうですね」雅は頷いた。「確かに、あなたの五十代前の先祖は、我々の祖先でしたと今更言われても……」

そういうこと、と千鶴子は笑う。

「でも、せっかくだから水野先生か、それこそ御子神さんに訊いてみたら？」

千鶴子はグラスを空けて、お代わりを注文した。

「凄く不思議なのは、何年かに一度必ずそんな話が湧き起こってくること。『日本の神々の名称のヘブライ語語源説』なんて、今もなお言われ続けているし、何度も消えては甦ってくる——。そんなことも含めて、先生たちに訊いてみると良い。何か知っているかも」

実際に「万葉集韓国語説」は、徹底的に批判されてしまい、あっという間に消えて、今ではほとんど誰も主張しなくなった。ところが「日ユ同祖論」は、何年かを経るとまた復活する。

何か理由があるのだろうか？

あと……。

御子神で思い出した。

雅は酔った勢いで尋ねる。

「ちょっと、プライベートなことをお聞きしてもよろしいでしょうか？」

「なに」

「御子神さんのことです」

途端に千鶴子は、不快そうな顔になった。

「あっ、すみません。結構です。また今度で――」

「いいのよ」と千鶴子は引きつった顔で微笑んだ。「どうして私が彼を、こんなに嫌っているのかっていう理由でしょう」

「はい……。すみません」

「謝る必要はない」千鶴子は少し酔った表情で答えた。「聞いておいて。今まであえて黙っていたけれど、研究者としては優秀だとしても、彼がどんなに酷い人間かということを、知っておいて損はないから」

「……はい」

千鶴子が水野研究室に入った後、吉原和樹《よしはらかずき》という男性が入室してきた。最初からいろいろと面白い説を開陳し、水野や千鶴子も興味を惹かれて、千鶴子も――珍しく――二人で飲みに行ったりもした。特別な関係ではなかったけれど、とても仲は良かった。

ところがある日、御子神は彼と大喧嘩をして、研究室を追い出してしまったのだ。もちろん、御子神にそんな権限はない。しかし、水野もそれを黙認した。それも不思議だったけれど、水野が認めた以上、誰にも文句は言えない。

その後、和樹は田舎に帰り、失意のまま病で亡くなってしまった。自殺ではないことは判明している。間違いなく病死だったのだが、御子神からのストレスが原因だったと確信している――。

「でも、御子神先生は、どうしてそんなことを……」

「嫉妬だと思う。吉原くんの才能に対する妬《ねた》み。御子神は、そんな男」

「そのとき、水野先生は何と？」

「もちろん私も訴えたけど、一言もなかった」

「その後、千鶴子さんは？」

「吉原君とは、何度も連絡を取ろうとしたけれど、一度も繋がらなかったから、余計にくやしいの。何もしてあげられなかったから」

「そうだったんですね……」

雅が顔を曇らせながらグラスを傾けたのを見て、

「そんなことよりも、ねえ」

千鶴子がわざと明るく言った。

「明日は、瀧原宮《たきはら》を訪ねてみない？　実は、どうしても一度行きたかった。それもあって伊勢に来たの」

「瀧原宮……」

御子神が言っていた「多気《たけ》大神宮」だ。古くから「大御神の遥宮として人々から崇敬されている」——と。

「でも、かなり遠いんじゃ……」

「熊野古道伊勢路沿いだからね。内宮から、約五十キロ」

「え……」

車で一時間以上かかってしまうではないか。

雅が戸惑っていると、千鶴子が楽しそうに答えた。

伊勢市駅から参宮線で多気《たき》まで。そこで紀勢《きせい》本線に乗り換えて滝原《たきはら》まで行く。

参宮線は快速があるから良いとして、多気からの紀勢本線が一日に九本しかなく、二、三時間に一本だから、時刻表で確認しておかなくてはならない。

それに乗って滝原に到着しても、そこから徒歩で約二十分。だからタクシーを予約してそれに乗り、広い駐車場があるようだから、そこで待っていてもらって紀勢本線の時間に合わせて戻ってくれれば良い。

しかも、

「こっちまで戻ったら、帰り道で斎宮《さいくう》にも寄りましょう」

などと言う。

かなりハードな予定だと思ったが……雅も、斎宮歴史博物館にはとても興味があったし、千鶴子と一緒なら凄く勉強になる。

そこで、二人で時刻表を確認し、明日に備えて意気軒昂《けんこう》に引き上げることにした。

《斎宮の夕刻は静かに》

翌朝、雅たちは伊勢市駅九時二十分発の参宮線に乗った。

本当は、もう少し早く出発したかったのだけれど、時刻表を調べてみると、多気駅での紀勢本線乗り継ぎがうまく合わず、結局この九時台の参宮線に乗るのが一番早いことが分かった。何しろその一本前は七時台、一本後は十三時台という、想像以上にローカルな路線だったのだ。

かといってタクシーで伊勢市から瀧原宮まで移動すると、時間は電車で行くのとそれほど変わらないのに、かなり高額になる。そこで「自分たちが電車の時間に合わせて動く」のがベストという結論になった。何しろ電車移動の交通費は、滝原駅から瀧原宮までのタクシー代を入れても、タクシー移動の十分の一程度ですむのだから。

伊勢市から多気までは、わずか十五分ほど。

「昨夜は、よく眠れた？」

爽やかな顔で尋ねてくる千鶴子に、

「はい」雅も微笑みながら答える。「でも、やっぱり男千木・女千木が気になってしまって、ちょっとだけ寝付きが良くなかったです……」

といっても、ベッドに横になって考えているうちに、そのまま寝落ちしてしまったのだけれど――。

「そうよね」千鶴子も同意する。「日本全国の神社全てが、男神・女神の区別なしに勝手に千木を載せているというなら納得できるけど、同じ三重県内でも、昨日言った椿大神社《つばきおおかみのやしろ》みたいに、猿田彦神は男千木、天鈿女命は女千木と、きちんと分けて祀られている神社もある。というより、全国的にはそちらのほうが圧倒的に多い」

「そうですよね」

「まあ、そんなことも考えながらまわりましょう」

などという話をしているうちに、あっという間に多気に到着した。ここで十分ほど待って、紀勢本線に乗り換える。

ホームから眺めれば、想像していた以上にのどかな風景だった。駅前のそれほど広くない駐車場と、食堂が一軒と、コンビニが一軒しか見えない。もちろん、この辺りに住む人たちの主な移動手段は自家用車だろうから、駅前が閑散としているのも当たり前。滝原駅前も、同じような光景なのではないか。千鶴子の提案どおり、タクシーを予約しておいて良かった。雅は心の中でホッと胸を撫で下ろした。

やってきたのは、二両編成の「新宮行《しんぐう》き」の各駅停車。「新宮」というのは、熊野大社の新宮だ。ここから三時間ほどかけて、のんびりと行くらしい。でも熊野まで各駅停車の列車で行くことができると聞くと、軽い感動を覚えてしまう。

紀勢本線に乗り込むと、滝原駅まで約四十分。車内も空いているので、雅たちはゆったりと腰を下ろす。

「さて」と早速、千鶴子は資料を取り出す。「到着までに、瀧原宮について少し予習しておきましょう」

「はいっ。お願いします」

「まず――」

千鶴子は資料に視線を落とした。

「伊勢神宮は、十四の『別宮《べつぐう》』を持っている。この『別宮』というのは、神宮の摂《せっ》社《しゃ》・末社《まつしゃ》とは違って、正宮――本宮の『別宮《わかれのみや》』のこと。つまり、正宮に次いで大切な宮ということね。例えば昨日の内宮――皇大神宮には、荒祭宮《あらまつり》や、風日祈宮《かざひのみ》や、倭姫宮や、月讀宮、そして志摩《しま》国一の宮の伊雑《いざわ》宮が。外宮――豊受大神宮には、多賀《たか》宮や、月夜見宮がある」

おお……。

それらの名前を聞いて、雅は感動する。

伊雑宮だけを除いて、全てまわっているではないか！

その隣で千鶴子は言う。

「そして、今から行く瀧原宮も、内宮の『別宮』の一つ。しかも倭姫命が巡幸した『元伊勢』でもある。ちなみに『元伊勢』で『別宮』というのは、瀧原宮だけ」

「それほど重要な宮、ということですね」

「そういうこと」千鶴子は頷くと続けた。「そして、月讀宮や月夜見宮の境内にある、それぞれの荒魂を祀る宮なども『別宮』とされているように、瀧原宮の境内にある瀧原竝宮《ならびのみや》も」

「たきはらならび？」

尋ねる雅に、千鶴子はノートを取りだして「竝」と書く。

「祭神は、両宮ともに『天照坐皇大御神御魂《あまてらしますすめおおみかみのみたま》』」

「両宮ともに？」

「変よね。一つの境内に同じ神を祀る宮が二つあるなんて。だから現在は月讀宮のように、天照大神と、その荒魂を祀るとされているけれど……どうなのかしら。たとえば『倭姫命世記』では、この宮の祭神は『速秋津日子神《はやあきつひこ》』と『速秋津比賣神《ひめ》』だと書いている」

「速秋津比賣って」雅は叫んでしまった。「『祓戸四大神《はらえどのよん》』の一柱——大怨霊じゃないですか！」

「でも、そう書いてある」

と言うと千鶴子は、スマホのページを開いて、雅に見せた。

雅があわてて覗き込むと確かに、

「滝原（瀧原）ノ宮」——の祭神の、

「神名《みな》ハ速秋津日子ノ神」——であり、

「並（竝）宮」は「速秋津比賣神」

とあった。

「江戸時代後期の『大神宮儀式解』には」千鶴子が言う。「竝宮は『瀧原宮の御魂の荒御魂をまつる』のではないか——と書かれている。もうすでにこの頃には、祭神が変容させられてしまっているわけ。まあ、どちらにしても『怨霊』であることに違いはないでしょうけど」

「そういうことだったんですか……」

「そんな瀧原宮は」千鶴子はスマホを閉じると、再び資料に視線を落とした。「十三万坪というから、実に広大。面積としては外宮の半分ほどだけど、何といっても緑の量が違うらしい」

車窓一杯に広がる山々や森を眺めながら頷く雅に、千鶴子は言う。

「その『倭姫命世記』によれば、天照大神鎮座の地を求めて、宮川上流の磯宮（伊蘊宮）からこの地を目指した。すると『大河之瀧原之国《おおかわの》』という麗しい土地があったので、宮殿を造立されたと書かれてる。これが瀧原宮を指すのかどうかは分からないけれど……。また、この宮に関して『皇太神宮儀式帳』には『天照大神遙宮《とおのみや》』。『延喜式』には『大神遙宮』とある。そして『伊勢国風土記逸文』には『瀧原神宮』と記されているから、ここに天照大神がいらっしゃったことは間違いないでしょうね。同時に、速秋津比賣たちも」

雅が素直に頷いたとき、紀勢本線は滝原駅に到着した。

今乗ってきた車両と同じ、白地にオレンジの線が一本引かれた「たきはら」の駅名標がポツリと立っているホームの向こう、駅前は、壮大な山並みをバックに家が数軒建っているだけ。古い無人駅舎の前には「迎車」のタクシーが一台、所在なさそうに停まっていた。

本当に、予約しておいて良かった！

ここから徒歩二十分ほどで宮に到着するとはいうものの、余りにも心細い風景が広がっている。迷ってしまっても、おそらく道を尋ねる人もいないに違いない。

雅たちはタクシーに乗り込むと、瀧原宮に向かってもらう。

すぐに深い渓谷に架かった橋を渡ると熊野街道を走り、車は、あっという間に瀧原宮に到着した。

急に辺りの風景が開けたと思ったら、神社入り口横に「奥伊勢」と銘打たれた立派な道の駅があった。雅たちは、駐車場でタクシーに待っていてもらう。

帰りは、滝原駅十三時三十分発の紀勢本線に乗って多気まで戻らなくてはならないのだ。万が一、それに乗り損ってしまうと、次の列車は十六時五十分発……。

二人はタクシーを降りると、

「瀧原宮まで６００ｍ」

と書かれた看板の向こうに建つ、大きな白い神明鳥居をくぐった。

矢印のとおりに、しばらく歩いて行くと「皇大神宮別宮　瀧原宮」と書かれた社号標があり、衛士見張り所の向こうに、鬱蒼とした木々に優しく包まれるようにして建つ、木製の神明鳥居が見えた。その奥には、木漏れ日の下に参道が延びている。

〝空気が違う……〟

雅は思わず目を見張り、隣の千鶴子を見れば、やはりいつもとは表情が異なっていた。軽く緊張しているようにも思える。

でも、ここから先は、間違いなく「神域」。先ほど「速秋津日子」「速秋津比賣」を祀る話を聞いたこととも相まって、今まで見てきた宮とは一線を画しているように感じてしまう。本当に「かたじけなさに」涙がこぼれそうになってしまった。

こんなことは初めて……。

砂利道を進み、鳥居前に立つ由緒板を読む。そこには、

「瀧原宮は、皇大神宮（内宮）の別宮で、天照坐皇大御神御魂をおまつりしています。

皇大御神は、第十代崇神天皇の御代に大和（奈良県）の皇居をお出になられ、大宮地《どころ》を求めて近畿周辺各地をお巡りになられました。

ついで第十一代垂仁天皇の皇女倭姫命が、御杖代（御使い）として皇大御神を奉戴《ほうたい》して、宮川下流から上流へと御鎮座の地を求めてお進みになられ、この地に新宮《にいみや》を建てられたのが起源です」

——云々と書かれていた。

最後まで目を通すと、雅は鳥居の前で一揖《いちゆう》——いや、深く頭を下げて、木々に囲まれた、ほとんど参拝者の姿が見えない静かな参道を進んだ。

小さな橋を渡って少し行くと宿衛屋や手水舎があり、その近くから内宮の五十鈴川の御手洗場《みたらし》のように、宮のすぐ側を流れている宮川の上流となる頓登《とんど》川へ降りる広い石段があった。

もちろん雅たちは、石段を降りて河辺へと向かう。

この辺りは、かなり上流になるのだろう。五十鈴川とは比べるまでもない細い川だった。しかし、その清冽さは息を呑むほどだ。恐る恐る手をつけてみれば、凛として冷たい。そこで手と口を清めて、雅たちは参道に戻る。

やがて、参道の中央にそびえ立つ、樹齢何百年とも分からない大きな杉の木が現れた。近づいてよく見れば、所々苔に覆われている木の表皮が、ギリギリと左回りに捻《ねじ》れながら天に向かって伸びているではないか。こんな杉の大木は、初めて目にした。千鶴子に訊いてみると、この辺りは「ゼロ磁場」で有名だということだった。

「ゼロ磁場って？」

尋ねる雅に、千鶴子が教えてくれる。

「磁気のN極とS極が拮抗して、磁力が存在しない場所なんですって。真相は知らないけど、そんな場所では巨木がこんなふうに捻れながら育ってゆくそうよ」

「そうなんですか……」

「だから、一部の人たちの間では、最高のパワースポットだといわれて騒がれているみたいね」

また、パワースポットか。

その言葉には脱力してしまうが、しかし確かにここには何かが「坐《いま》す」かもしれない。「霊魂」を全く信じていない雅さえも、そんな感触を受けてしまうほどだから「たまゆら」が見えるという波木祥子を連れてきたら一体何と言うだろう……。

さらに進むと、

「瀧原宮から順にお参り下さい」

と書かれた駒札が立っていて、

長由介神社《ながゆけ》　四
(川島神社)
若宮神社　三
瀧原宮　一
瀧原竝宮　二

とあった。

右手正面には、長由介神社。少し奥まった高台には、若宮神社。そして、目の前に並んでいる社殿が、瀧原宮と瀧原竝宮。

雅たちは駒札の指示どおり、瀧原宮の白木の神明鳥居をくぐって進み、例によって大きな白い石の道を歩いて神前に立った。

緑の中に建つ、美しい宮だった。雅は拝礼して、思わず四拍手してしまった。

続いて瀧原竝宮も四拍手で参拝。

次に、少し離れた若宮へ。

この若宮神社は、この土地に縁のある「水分神《みくまり》」を祀っているといわれているようだが（出雲を含めて今まで見てきたように）「若宮」というのは、高い確率で「怨霊を祀る宮」のことだ。

たとえば『字統』などによれば「若」という文字は「巫女《ふじょ》が両手をあげて舞いながら神に祈り、神託を求めている形」であり、当然その神とは、我々が畏れるべき神ということになる。その証拠に、ここの「若宮」も、前面の門扉はしっかり閉じられ、隙間なく瑞垣で囲まれている。瑞垣の隙間から覗き込むと、本殿の下に何やら土器《かわらけ》のような物が置かれていた。

そして長由介神社。こちらの祭神の正体は不明らしい。だが、例によって正面は閉ざされ、若宮同様に瑞垣が周囲をしっかりと囲っている。

雅は訝しみながらも四拍手で参拝した。

そして、全ての社殿の千木は「女千木」。天照大神と荒魂、あるいは速秋津比賣神であれば問題ないが、速秋津日子神はどうすれば良いのだろう？　月讀宮の伊弉諾尊と同様、女千木の社殿で祀られていることになってしまう……。

四宮を無事に参拝し終えた戻り道で、千鶴子が社務所の神職に、例の土器に関して質問した。

〝さすが！〟

そう思って雅も、千鶴子の後ろから聞き耳を立てたが、特に意識して置いた物ではないので、そんな物があったかどうかすらはっきりしない、という回答だった。これ以上質問しても無駄だと判断したのだろう、千鶴子はあっさり引き下がった。

そして、再び参道入り口の鳥居をくぐって境外に出た。

まだ少し時間があったので、タクシーに一度戻ると、運転手に断って道の駅に立ち寄る。そこで地元の土産物などを物色し、立ち食い程度の軽い昼食を摂ってからタクシーに乗り、滝原駅に戻った。予定どおり、十三時三十分発の多気行き紀勢本線に乗る。しかし今回は、多気から伊勢市に戻らない。時刻表によれば、多気から松阪《まつさか》まで行き、近鉄山田線に乗って斎宮《さいくう》へ向かうほうが多少早かったので、そのルートを取ることにした。

時刻どおりにやってきた紀勢本線に乗り込むと、

「凄い神社だったわね」千鶴子が言った。「驚いた」

はい、と雅も答える。

「わけが分からなかったけれど、西行法師みたいに圧倒されました」

「ああいう場所って、本当にあるのね。巷間《こうかん》言われてるオモチャみたいなパワースポットとは格が違う」

「本当です」

と頷いてから、雅は尋ねる。

「でも、あの宮は全て女千木でしたけど、やはり速秋津比賣神を祀っているからということでしょうか……」

「そういうことかもしれないし、そうじゃないかもしれない」千鶴子は意味深な答えを返す。「実は私もいろいろと考えているんだけど、伊勢に関しては『男千木・女千木』という分別は関係ない、という話は真実かもしれない」

「えっ。だって、他の神社では――」

「だから、伊勢神宮関係だけが例外。いい？　順番に行きましょう」

と言って、千鶴子は口を開く。

「二見興玉神社は分かるわ。昨夜あなたに見せた図のように、何もない砂浜に、後から社殿が建てられた。しかも、主祭神の猿田彦神が本当に祀られているのは、夫婦岩の向こうに隠れている『興玉神石』。だから、あの社殿は猿田彦神というより、相殿神である宇迦之御魂《うかのみたま》神を祀っているんだと思う。つまり、市杵《いちき》嶋姫《しまひめ》命で、猿田彦神の母神」

「市杵嶋姫命で、母神？」

「今ここで詳しい説明は省くけど、私はそう考えてる。それに、そう考えれば理屈が通るでしょう。猿田彦神は夫婦岩の向こうにいらっしゃって、こちらの磯には母神の市杵嶋姫命がいらっしゃる」

「で、では、猿田彦神社は？」

「富田弘子によれば、度会《わたらい》神道の影響下にある宇治土公《うじとこ》氏が猿田彦神の子孫だという説も、確実な証拠がないという。もともとは、磯部氏だったわけだし」

「そんな！」

「でも『土公神』は『竈神《かまどがみ》』を表しているから『庚申《こうしん》』で繋がってくるし、『土公』の文字を組み合わせると『去《さる》』と非常に似た文字になるから『猿《さる》』とも縁がないとは言えない。でもこの辺りは、かなり不確実性の高い話」

啞然とする雅に、千鶴子は続けた。

「その度会氏と磯部氏（宇治土公氏）が、五世紀ごろに磯宮の神——伊勢の大神を、今の外宮に祀った」

「その、伊勢の大神は？」

「もちろん『磯』にいて、天武《てんむ》天皇すら『望拝《たよせにおが》』むほどの神だったんだから……

海神《わだつみ》であると同時に太陽神だった、饒速日《にぎはやひ》命」

「饒速日命――」

奈良で聞いた。

大神《おおみわ》神社の本当の祭神は、太陽神の饒速日命。

「いわゆる『天照《あまてる》』神ね。正式名称『天照国照彦火明櫛玉《あまてるくにてるひこほあかりくしたま》饒速日命』」

櫛玉だ。

出雲でずっと追っていた「櫛」を名前に持つ神。

素戔嗚尊の別名とされる「櫛御《くしみ》気《け》野《ぬ》命」。

彼の后神である「奇稲田《くしなだ》姫（櫛名田比売）命」。

下鴨神社祭神の一柱「玉依姫《たまよりひめ》」とも同神という「玉櫛《たまくし》姫」。この神は「瀬《せ》織津《おりつ》姫」ともいわれている。

大物主神の別名「倭大物主櫛甕玉《くしみかたま》命」。

その他、「櫛玉《くしたま》比売」「玉櫛姫」「櫛八《くしや》玉《たま》神」「八《や》櫛《くし》神」。

そして、籠神社《このじんじゃ》主祭神の「天照国照彦火明櫛玉饒速日《あまてるくにてるひこほあかりくしたまにぎはやひ》命」。

これらの神々の名に付いている「櫛」は「非《くし》」で悪神だということが、出雲で判明した。酷い仕打ちを受け、「非」と呼ばれながら歴史の中に埋もれていった神々。つまり、朝廷に叛いた怨霊神なんだと――。

また、千鶴子と一緒に行った奈良で確信した「大神神社」の本当の祭神こそ、太陽神、神の饒速日命……。

〝あっ〟

雅は心の中で叫んでいた。

「おもへば伊勢と三輪の神。一体分身《いったいふんじん》の御事《おんこと》今更何と磐座《いわくら》や」

伊勢の神と三輪の神は同体。そんなことは今更言うまでもない。これが、奈良の老翁・鏑木団蔵《かぶらきだんぞう》の言った「金胎不二《こんたいふに》」ということだったのか。

伊勢の大神も三輪の大神も、饒速日命だった！

呆然とする雅の隣で、千鶴子は続けた。

「それが七世紀に、持統天皇によって、女神でありかつ正体不詳の『天照大神』に取って代わられてしまい、彼女の命によって荒木田氏が内宮に祀った」

「それで『外宮先祭』だったんですね」雅は大きく首肯する。「私も、外宮のほうが内宮より先に創建されたんじゃないかって思ってました」

「そうね」千鶴子は微笑む。「だからこそ、外宮からお参りしなさいと言われる。天照大神よりも早く祀られていた地主神だから」

「でも！　伊勢はもともと猿田彦神の土地だったのでは？　地主神は猿田彦神――」

「猿田彦神は、饒速日命の子孫神だと思う」

「えっ」

雅は一瞬混乱する。

さっき千鶴子は、猿田彦神の母神は市杵嶋姫命だと言った。

そして今、猿田彦神の祖神は饒速日命？

「ということは、饒速日命と市杵嶋姫命は――」

「夫婦神だったんでしょうね」

「本当ですか！」

「昨日、外宮の月読命と豊受大神が夫婦神だって言ったでしょう」

「はい。だから、月読命は毎夜、豊受大神のもとに通った……」

そこまで言ったとき、雅の背中に電気が走った。

宇迦之御魂神は食物・穀物の神で、いわゆる「御饌都神《みけつ》」。そして、最も有名な御饌都神といえば、ここ伊勢の豊受大神だ。

「ひょっとして……千鶴子さんは、豊受大神が市杵嶋姫命だと？」

「そうだとして、何か不都合？」

「ということは……月読命が饒速日命だと？」

「そう思う」千鶴子は言い切った。「でも、この話はとても長くなるわ。今はそう『仮定』するだけに留めておきましょう。昔は夫婦神や親子神は『同体』と認識されていた。そう考えると二見興玉神社や外宮や内宮の矛盾点が全て解けるでしょ？」

雅は頭の中で必死に整理する。


まず大前提として。

「天照《あまてる》」と呼ばれた男性神（太陽神）の饒速日命と、女性神・天照大神は別の神であるということ。

「アマテル」と「アマテラス」は違う神なのだ。

天照大神は、あくまでも後から呼ばれて、持統天皇によって祀られた巫女神。

そのため平安時代の貴族ですら、河童と同一視するほどで、彼女に関してよく知らなかった。

しかし「天照」と「天照大神」は夫婦神であったため（意図的に行われた部分も含めて）次第に混同されるようになっていった。

一方。

太陽神である、天照・饒速日命（月読命）と、御饌都《みけつ》神であった市杵嶋姫命（豊受大神）との間に生まれた猿田彦神は、とても長い年月にわたって伊勢を治め、やがて後裔が饒速日命と猿田彦神、そして市杵嶋姫命を同時に祀る社を建てた。

これが、現在の「豊受大神宮」――外宮だ。

宮は饒速日命と猿田彦神が主祭神なので、当然「男千木で鰹木は奇数本」という男神を祀る造りになった。

だからこそ坂十仏《さかじゅうぶつ》は、

「内宮は日神で女神。外宮は月神で男神なり」

と『伊勢太神宮参詣記』に記した。

鎌倉時代までは、外宮が「男神」で「男千木」という状況は全く問題なかったのだ。ところが江戸時代になって、度会《わたらい》氏の血を引く出口延経《でぐちのぶつね》によって、外宮の神は女神である豊受大神だとされてしまったため「千木」問題は、混乱を極めてしまった

―――。

何となくモヤモヤが晴れてきそうな気もするが、それでもまだ謎や疑問点が多く残っている。

一番の疑問点は何といっても、月読命が饒速日命であるならば、外宮の月夜見宮は良いとして、内宮近くの月讀宮が「女千木」だったこと。さらにそこでは、伊弉諾《いざなぎ》尊も「女千木」で祀られていたこと。

やはり現在、伊勢では「千木」や「男神・女神」を祀る形はバラバラになってしまっているのだろうか。それとも（まさかとは思うが）祭神そのものが分からなくなってしまっているのか……。

雅が軽く嘆息したとき、紀勢本線は多気に到着した。

ここで「亀山《かめやま》行き」の列車に乗り換えて、十分ほどで松阪。近鉄山田線にもう一度乗り換えて、十分ほどで斎宮《さいくう》駅に到着する。

「あなたは」千鶴子が言った。「斎宮に関しては、調べた？」

「……いえ、ほんの少しだけです。『櫛』についての出雲関連で、伊勢に赴く際に、天皇が自ら斎王の髪に挿す『別れの御櫛《みぐし》』とか……」

「じゃあ、ちょっとだけでも予習しておきましょう。あなたの手元にある資料の内容を教えて」

「はい」

と答えて雅は資料を取り出すと、二見浦に向かう特急の中での御子神との話も思い出しながら話した。

まず「斎宮」とは——。

伊勢の神を祀るために、天皇家の名代として神宮へと行かれた未婚の内親王、または女王のこと。

しかし、正確に言えば、神宮に仕えた斎王——『いつきのひめみこ』と、彼女に奉仕した官人たちの役所である『斎宮寮』を指して『斎宮』と呼んでいたが、いつしか『斎宮』といえば直接その女性を指す名称になっていった。

その嚆矢《こうし》はもちろん、崇神《すじん》・垂仁《すいにん》天皇の御代の、豊鍬入姫《とよすきいりひめ》命。次に垂仁・景行《けいこう》天皇の御代の、倭姫《やまとひめ》命。

この斎宮と似たような制度が、平安時代に京都・賀茂《かも》神社にも置かれた。但し、こちらは「斎院《さいいん》」と呼ばれている。

賀茂斎院の始まりの理由は明らかになっていない。一般的な説明によれば、嵯峨天皇が、平城天皇との争いに勝利できた暁には賀茂神社——上賀茂《かみがも》神社・下鴨《しもがも》神社——に斎王を奉ると祈願したことによるとしている。葵祭での「斎王代」は、この斎王の姿を戦後に復元したもの。

ちなみに「斎宮」といったら伊勢の斎王を、「斎院」といったら賀茂の斎王を指す。

伊勢の斎王は、天皇即位に伴って、未婚の皇女の中から卜定《ぼくじょう》——亀の甲羅や鹿の肩《けん》胛骨《こうこつ》を用いた占いで選ばれる。

新斎王に選ばれると、平安宮の中に用意された一室に籠もって「潔斎《けっさい》」の日々に入る。そして翌年の秋、京外の「野宮《ののみや》」にある仮設の宮殿に移り、一年をそこで過ごす。その後「群行《ぐんこう》」と呼ばれる、斎王に仕える男女の官人や、見送りの勅使、随行する長奉送使《ちょうぶそうし》など、五百人を超える人々を従えて、伊勢・斎宮に入る（但し、この「群行」を行わなかった斎王もいる）。

斎王は日々潔斎・祭を行うのだが、何故か斎宮は、外宮まで約十キロメートル、内宮になるとさらに約三キロメートル奥になるため、毎日は通えない。実際に斎王が神宮に赴くのは、年に六日だけだった。

それは、六月と十二月の「月次祭《つきなみ》」。そして九月——現在は十月の「神嘗祭《かんなめ》」の三つの祭で、その行事に内宮・外宮ともに二日間。

「そういえば」雅は言った。「この祭祀も『外宮先祭』なので、斎王は、内宮より先に外宮でお祭りをされています」

「そうね……」

千鶴子は頷いたが、

「……ちょっと引っかかる。お話を聞きながら調べてみるから、そのまま進めて」

「はい」

スマホを開く千鶴子を横目に雅は答えると、資料に目を落とした——。


歴代の斎王は、豊鍬入姫から始まって、後醍醐《ごだいご》天皇の御代まで——諸説あるが七十六名を数え、現在では「祭主《さいしゅ》」として仕えている。

斎王の伊勢滞在期間としては、短くて一年。長いと三十一年という。斎王退出（退《たい》下《げ》）は、天皇崩御、譲位、あるいは斎王の近親者の不幸、または斎王自身の薨去《こうきょ》などだった。実際に、斎宮で薨去されてしまった斎王も何名かいらっしゃったようだ。

天武朝以降になると、歴史上にも有名な斎王が登場する。

天武天皇皇女で、刑死したとも言われる弟の大津《おおつ》皇子と愛し合ってしまった、大来《おおくの》皇女《ひめみこ》。

大津皇子は、自分の身に危険が迫っていることを察すると伊勢まで行き、禁忌《きんき》を破って斎宮で大来皇女と会っている。

続いて、文徳《もんとく》天皇皇女の、恬子《やすこ》内親王。

実名は出ていないが『伊勢物語』で、在原業平《ありわらのなりひら》——こちらも「男」「使《つかい》」としか書かれていない——が、禁を犯して関係を結んでしまったことは、当時の人々の「常識」だったといわれている。

そして、徽子《よしこ》女王。

醍醐《だいご》天皇皇子の皇女で「三十六歌仙」の一人。いわゆる「斎宮女御《さいくうのにょうご》」と呼ばれる女性。二十歳のときに母の喪によって退下し、その後、村上天皇女御となった。益田《ますだ》鈍翁《どんおう》こと、三井財閥の最高経営者・益田孝《たかし》が、大枚をはたいて彼女の「三十六歌仙」絵を手に入れたという伝説（？）が残っている。

徽子女王と、その子・規子《のりこ》内親王は、紫式部《むらさきしきぶ》『源氏物語』の『賢木《さかき》』の巻に登場する、あの六条御息所《ろくじょうのみやすんどころ》と、その娘・梅壺《うめつぼ》女御のモデルになったともいわれている。

また、こちらは「斎宮」ではなく賀茂の「斎院」だが、最も有名な女性はやはり、式子《しょくし》内親王だろう。後白河《ごしらかわ》院第三皇女で、二十歳で退下《たいげ》。十三年後の三十三歳頃から、藤原定家《ふじわらのていか》との和歌を通した関係が始まり、五十三歳で亡くなるまで続いた。

このように「斎宮」の制度は、天皇家のみならず、貴族社会にとっても、いろいろな形で非常に重きを置かれている制度だったが、何故そこまで伊勢神宮に尽くしたのかという、その理由は今も謎とされている——。


そこまで話したとき、紀勢本線は松阪に到着した。

雅たちは列車を降りると「松阪牛」と大々的に宣伝されている看板を横目に、近鉄山田線のホームに向かう。

ここから斎宮までも、約十分。

すぐにやってきた山田線に乗り込んで腰を下ろすと、雅は早速尋ねた。

「さっき千鶴子さんが引っかかったことって何ですか？」

ええ、と千鶴子は雅を見て微笑んだ。

「あなたが言った、伊勢の『月次祭』」

「外宮・内宮ともに、六月と十二月に執り行われるという」

「でも『月次祭』って、本来は毎月執り行われるお祭りの名称でしょう？『広辞苑』にだってそう載ってる」

「そう言われれば、確かに。名前も『月次』なんですから」

「伊勢神宮の『月次』は、そういった意味じゃないんでしょうね」

「じゃあ、どういう意味だったと――」

「『月』と『波』だったかもしれない、って思った」

「月……ってまさか」

「月読命」

「波は？」

「海でしょう。猿田彦神」

「それはちょっと――」

考えすぎじゃないかと言いかけた雅に、千鶴子は「伊勢神宮恒例祭典一覧表」と書かれた資料を開いて見せた。

一月一日　歳旦《さいたん》祭
一月三日　元始《げんし》祭
一月七日　昭和《しょうわ》天皇祭遙拝
一月上旬　大麻暦奉製始《たいまれきほうせいはじめ》祭

一月十一日　一月十一日御饌《みけ》・東遊《あずまあそび》
一月三十一日　大祓《おおはらい》
二月十一日　建国記念祭
二月十七日より二十三日　祈年祭《きねんさい》
三月五日　大麻暦頒布《はんぷ》終了祭
三月春分の日　御園《みその》祭
同日　春季皇霊《こうれい》祭遙拝
四月三日　神武《じんむ》天皇祭遙拝
四月上旬　神田下種《しんでんげしゅ》祭
四月五日より七日　春季神楽祭
四月中旬　大麻用材伐《きり》始祭
四月三十日　大祓
五月一日　神御衣奉織《かんみそほうしょく》始祭
五月上旬　神田御田植初《おんたうえはじめ》

五月十三日　神御衣奉織鎮謝《ちんしゃ》祭
五月十四日　風日祈《かざひのみ》祭
同日　神御衣《かんみそ》祭
五月三十一日　大祓
六月一日　御酒殿《みさかどの》祭
六月十五日　興玉神《おきたまのかみ》祭
同日　御卜《みうら》
六月十五日より二十五日　月次《つきなみ》祭
六月二十四日　伊雑宮御田植式
六月三十日　大祓
八月四日　風日祈祭
九月上旬　抜穂《ぬいぼ》祭
九月十七日　大麻暦頒布始祭
九月秋分の日　秋季皇霊祭遙拝
九月三十日　大祓

十月一日　御酒殿祭
同日　神御衣奉織始祭
十月五日　御塩殿祭《みしおどの》
十月十三日　神御衣奉織鎮謝祭
十月十四日　神御衣祭
十月十五日　興玉神祭
同日　御卜
十月十五日より十六日　初穂曳《はつほびき》
十月十五日より二十五日　神嘗祭《かんなめ》
十月三十一日　大祓
十一月二十三日より二十九日　新嘗祭《にいなめ》
十一月三十日　大祓
十二月一日　御酒殿祭

十二月十五日　興玉神祭
同日　御卜
十二月十五日より二十五日　月次祭
十二月下旬　大麻暦奉製終了祭
十二月二十三日　天長祭《てんちょうさい》
十二月三十一日　大祓

物凄い数の祭祀だ。しかも数日間かけて執り行われる祭祀もあるのだから、ほぼ年間通して何かの祭りが執り行われていると言っても過言ではないだろう。

さらにこの他に毎日、

「日別朝夕大御饌祭《ひごとあさゆうおおみけさい》」

もあるのだから。

「びっくりしました」雅は素直に驚く。「物凄い数ですね」

「私もびっくりした」千鶴子は答える。「でも、驚いたのはその数じゃない。内容よ」

「内容……」

と言われても、この一覧を見て何か分かるのだろうか……。

覗き込む雅の隣で、

「ここを見て」

千鶴子は一覧表の中の、何ヵ所かを指差す。

そこには、こうあった。

「六月十五日　興玉神祭
同日　御卜」
「十月十五日　興玉神祭
同日　御卜」
「十二月十五日　興玉神祭
同日　御卜」

「どう思う？」

「この日って、もしかして……」

そう、と千鶴子は頷く。

「一年のうち、たった六日間だけ、斎王が外宮・内宮の神宮に行かれる日」

「神宮にとって、非常に重要な祭りが執り行われる……」雅はスマホ画面に目を見張った。「それが『興玉神祭』――つまり、猿田彦神の祭り」

「そういうこと」

「でも、この『御卜』って……」

「御卜はもともと『御体御《おおみまのみ》卜《うら》』と呼ばれていて、六月と十二月の年二回、皇大神宮中重《なかのえ》において神祇《じんぎ》官《かん》の官人たちが、天皇の『御体』に何か慎むべき災い事はないかどうかを判断していた占いなの。そしてそのとき必ず『伊勢国に坐《まし》ます大神宮の祟り』が占い判じられたのよ」

「伊勢の大神宮の祟り――」

「それどころか、この卜占行事を掌《つかさど》る、卜部《うらべ》氏の宮主《みやじ》の家には、『御体御卜の祟りは、十箇条の内（中略）神宮の祟りは定事《ていじ》なり』

という『宮主秘事口伝《みやじひじくでん》』が残されていたという」

「定事？」雅は顔を歪めた。「つまり、天皇家にとっては伊勢神宮に祟られることは、通常の出来事だったというんですね」

「斎宮は『卜定《ぼくじょう》』で選ばれるって言ったでしょう。『亀の甲羅や鹿の肩胛骨を用いた占い』でって」

「はい。でも、それが何か……」

「『亀』も『鹿』も、どちらも『海神《わだつみ》』。つまり、猿田彦神たちを示すキーワードなのよ」

「亀は分かりますけど……鹿もですか」

そう、と千鶴子は強く頷いた。

「改めて詳しく説明するわ。その他には『龍』『蛇』『蛙』、そして『鵜《う》』」

「う？」

「鵜飼の鵜。神武天皇の父・鵜葺草葺不合命《うがやふきあえず》の鵜。富田弘子は『卯《う》』と同義だと言っている。これらのキーワードが出てきたら、すぐさま海神・龍神を想像しなくてはいけないわ」

「はい……」

「とにかく天皇家や朝廷は、それほどまでに伊勢の大神を恐れていた。だから、自分の名代である斎王も、神宮の近くには住まわせられなかったんでしょうね。『神の妻』として捧げたにもかかわらず」

「そこまで伊勢の大神を恐れていたわけですね」

雅が嘆息したとき、山田線は時刻どおりに斎宮駅に到着した。


広い野原の中に、ポツンと駅があった。

といっても線路の向こう側には家々が建ち並んでいるし、駅舎もどことなく寝殿造りの雰囲気がある。

改札を出れば校倉造り風の「はたおり体験」の家があり、その前には左「斎宮歴史博物館」、右「いつきのみや歴史体験館入口」などという案内板まで立っていた。

「いつきのみや歴史体験館」では、蹴鞠や盤双六など古代の遊びや、十二単《じゅうにひとえ》などの装束を着る体験ができるらしいし、何年か先には、平安時代を再現した本物の檜皮葺《ひわだぶき》の建物が建つ「さいくう平安の杜」という施設もできるらしかった。伊勢神宮の神嘗祭に奉納する稲穂「懸税《かけちから》」発祥の地や「斎王尾野湊《おののみなと》御禊場跡」などもあるという。

ここから帰りの新幹線に乗る名古屋までは、一時間とちょっと。充分に時間はあるので、寄ってみたい気持ちは充分にあるけれど、とにかく「斎宮歴史博物館」へと歩いて向かう。徒歩十五分足らず。

左手には線路、右手には広大な草地という、のどかな道を二人で歩きながら雅は、

「これは出雲で発見して、御子神さんにもアドバイスいただいた話なんですけど……『別れの御櫛《みぐし》』について改めて調べたんです」

と言って、歩きながらノートを取りだして読む。

「この儀式は『発遣《はっけん》の儀式』と呼ばれていて、伊勢神宮の神嘗祭に合わせて旅立つ際に行われるそうなんです。日本史学者の榎村寛之《えむらひろゆき》によれば、

『この、櫛を挿す儀礼の記録は、史料では天慶《てんぎょう》元年（九三八）が最も古いのだが、天皇と斎王が会う儀式は確実に奈良時代にさかのぼるので、そのころには行われていたのではないかと思う』

といい、しかもそのとき、

『天皇は白装束で、床に座を設けて、東を向いている。本来、大極殿には高御座《たかみくら》という天皇のための座席があり、天皇は公式な儀礼では、黄櫨《こうろ》染《ぜん》の袍《ほう》と呼ばれる黄褐色の衣装を着て南を向いてこの席に座るのである。少し古代の儀式に詳しい人ならば言うことだろう、「白を着て、平床で東を向く天皇など、想像もできない」と。それほど

異例な儀式といえる』

――そうです」

「確かにね」千鶴子は大きく頷いた。「天皇の白装束というのが、考えられない。『白』は、古代から神事に関わる神聖な色。『黄櫨染』『紫』の衣装で相対するような、通常接する人や神以上の相手と対している、ということでしょうね」

「でも、そのとき相対しているのは人間の女性――斎王なので、不思議に思ったんです」雅は頷きながら続けた。「じゃあ、このときに挿す『櫛』って、何なんだろうと」

と言って、出雲で調べた話を伝える。

「櫛」という言葉で思い出される神は、全員が朝廷に刃向かった神。同時に朝廷が、恐れおののいていた怨霊神。

その象徴ともいえる「櫛」を「別れ」の印として内親王の髪に挿す。もしかするとこれは、非常に恐ろしい慣習だったのではないか……？

「なるほど」千鶴子は微笑んだ。「面白いわ」

二人は道の突き当たりを、矢印に従って右折する。今度は、左右両方とも草の広場になった。その真ん中に一本通っている道を並んで歩きながら、雅は続けた。

「しかもそのとき、天皇は、

『京《みやこ》（都）のかたに赴《おもむ》き給《たま》ふな』

と告げたそうなんです。でも、まさか天皇が皇女——自分の娘に向かって『給ふ』などという敬語を使うことはあり得ないので、これは明らかに『伊勢の大神』に向かって告げた言葉だと思いました」

「そのとおりね」千鶴子は微笑む。「彼らが大怨霊だったから」

「これに関して、榎村寛之は、

『では、なぜ天皇は櫛を斎王に挿すのだろうか。面白いのは、こうした儀式が賀茂の斎王には行われないことだ。つまり斎王だから櫛を受けるのではなく、伊勢に行くから、ということになる。天皇の膝下を遠く離れる伊勢斎王にのみ、この櫛は必要だったのである』

とおっしゃっていますけれど、ただ単に遠く離れて行くから、という理由より、伊勢の大神が怨霊だったという千鶴子さんの言葉のほうが正鵠を射ていると思います。それに、ここで何故『櫛』なのかということに触れられていないし」

「そういうことね」

千鶴子は美しく笑った。

二人は右手に斎宮跡の広大な緑地を眺めながら進み「歴史の道」という太い道路と交差した地点で、矢印の指示どおり左折した。

斎宮歴史博物館は、もうすぐらしい。

「今の話で三つの事実が判明する」

道端にいくつも建てられている『万葉集』の歌碑を横目で眺めながら千鶴子は口を開いた。

「まず、伊勢の大神——饒速日命と猿田彦神が大怨霊だったこと。何しろ天皇は、自分の皇女の髪に『櫛』を挿して『神の妻』として差し出し、『伊勢の大神』は京に来るなと『言霊《ことだま》』を発したほどだから。

二つめは、そこまで恐れなくてはならないほど、朝廷は彼らに対して酷い仕打ちを行った。故に、歴代の天皇は誰一人として伊勢の神に参拝しなかった。いえ、祟りを恐れる余り、近づくことすらできなかった。斎王でさえも近くには住めず、外宮・内宮からこんなに遠い場所に居住した」

当然、そういう理屈になる。

斎王として大切なわが子を差し出すということは「伊勢の大神」が怨霊となる原因

を作ったのが、他ならぬ自分たちだと認めているわけだ――。

「そして三つめ」と言って千鶴子は雅を見た。「皇女を巫女――『神の妻』として差し出す以上、相手は間違いなく男性神だった。まさか、女性神に『妻』をあてがわないでしょうから。とすれば、斎王がお仕えする神は、女性神の天照大神ではなかったということね。やはり、饒速日命と猿田彦神だったんでしょう」

「そう思います」

雅は答えると、広々とした風景を眺めながら二人は進んだ。

やがて広い舗装道路に出たとき、風景の向こうに、クリーム色と茶色の外壁が緩くカーブを描いているお洒落な建物が見えた。

斎宮歴史博物館だ。

エントランスから建物の中に入ると、高い天井のホールだった。正面は、講堂。さまざまな講座や勉強会、あるいは論文発表会のような催しも開催されるのだろうか。

講堂の隣は、特別展示室。今日は何もイベントがなかったが、時期によって、貴重な平安王朝絵巻などが一般に展示されるらしい。

雅たちは左手に進み、入館受付を済ませる。係の女性に「もうすぐ、映像展示室で上映が始まりますので、ぜひご覧になっていってください」と微笑みながら勧められたので、二人で足早にホール先の映像展示室に向かう。

そこは、大型スクリーンに向かって、半円を描くように低い階段状になっているホールで、それぞれのスペースに六人掛けと二人掛けの低いベンチ型スツールが並べられており、すでに何組かの観覧客が腰を下ろしていた。

雅たちがそろそろと後方の席に座ると、すぐに展示室の照明が落とされて、スクリーンにハイビジョン画像が映し出された。

今回のテーマは、斎宮の発掘調査だった。一つずつ根気よく発掘を行い、その成果として古代都市としての斎宮が姿を現すまでを、ドキュメンタリータッチで映し出していた。さらに、ラストには斎宮で行われていたであろう平安時代の生活や当時の言葉などが、アニメーションで流れ、トータル二十分ほどで終了した。ここでは、違うテーマの映像を何種類か、毎日流しているらしい。

雅たちは、映像が終わって明るくなった席を立つと「常設展示室Ⅰ」へと向かった。こちらは「文字からわかる斎宮」として『伊勢物語』や『源氏物語』などに書かれた斎王関係の実物資料や模型などが展示されていた。

特に目を引くのは、入り口に展示されている、斎王が群行の際に乗られた輿《こし》——

「葱華輦《そうかれん》」（もちろん模造）と、その後方に立つ、弓や胡籙《やなぐい》を背負った等身大の随身《ずいじん》の像と、唐衣や裳《も》を身に付けて檜扇《ひおうぎ》を手に持っている小柄な女性の像だ。

その他、壁に沿った展示ケースには、それこそト定《ぼくじょう》に使用する亀の腹甲《ふっこう》、群行模型、墨書土器、斎王印、伊勢物語絵巻の一部などがズラリと展示され、しかもその一番奥には何と、斎王の居室が原寸大で再現されていた。

これまでの発掘調査で検出されている掘立柱《ほったてばしら》の建物に倣《なら》った広さで、四方を廂《ひさし》——寝殿造りで母屋《もや》の周囲にめぐらされた広い廊下（？）のような部分——に囲まれた、九間×四間の建物のモデルだそうだ。しかも、柱は丸柱で屋根も檜皮葺《ひわだぶき》！

母屋の中央には斎王（のダミー）が、晴装束《はれしょうぞく》姿で「三十六歌仙絵」のような上畳《あげだたみ》の上に座っている。その前面、母屋から一段下がった廂には、やはり唐衣姿の、命婦《みょうぶ》と思われる女性が、斎王と相対していた。

その近くには、現在の「おせち料理」の原形といわれる「歯固《はがため》」——正月の料理の模型なども展示されていた。

次の「展示室Ⅱ」は「ものからわかる斎宮」として、発掘調査の結果判明した、四百分の一の斎宮復元模型や、「大津皇」「大来皇女」と書かれていると思われる木簡、そして——。

〝櫛だ……〟

雅は覗き込む。

さすがに「別れの御櫛」ではないようだったが、所々歯の欠けたツゲの櫛だった。

一通り見学し終わると、雅たちはそれぞれ「総合案内」——図録を購入して、斎宮歴史博物館を後にした。

ここから少し離れた林の中に鎮座しているという、非常に雰囲気のある上機殿《かみはたどの》——神麻続機殿《かんおみ》神社や、下《しも》機殿——神服織《かんはとり》機殿神社も訪ねてみたかったが、もうそろそろ夕刻だったので、参拝はまた次回にして、そちらの方角を遥拝《ようはい》すると、雅たちは斎宮駅に向かった。

運良く、すぐにやってきた山田線に乗り込むと、十分ほどで松阪に。そこから特急に乗り換えれば、近鉄名古屋までは約一時間。十八時前には到着できる。

山田線がホームを離れると、

「『斎藤』という名字は『斎宮頭《さいくうのかみ》』——寮の長官の藤原氏、からきているそうよ。『佐藤』が『左衛門尉《さえもんのじょう》』という職名を持った『藤原氏』からきているようなものね」

とか、

「そういえば、榎村寛之が書いてたけど、斎王のために野宮《ののみや》を造営したりと、予算の確保が大変だった。そこで、どうやってお金を集めたかというと『名目化した官職を売って補てん』したんですって。つまり、給料は出ないけど官職だけ売る」

「そんなもの、買う人がいたんですか？」

「凄く大勢いたらしい」千鶴子は笑った。「いつの世も、名前だけでも欲しいと言う人たちが、たくさんいるのね。それで、売りに出された官職名が『左衛門尉《さえもんのじょう》』『右兵衛尉《うひょうえのじょう》』だったから、江戸時代などまで男性の名前で『○○兵衛』や『□□衛門』がとても多かったんですって」

「そうだったんですね！」

などという話をしているうちに、あっという間に松阪に到着した。

特急を待つホームで空を見上げれば、松阪の夕暮れ空は薄曇りだった。昨日までとは、打って変わって今にも雨がポツリと落ちてきそうだ。

雅たちが、伊勢の問題を解決しないまま帰路に就いているから、

〝伊勢の神様が、泣いている？〟

少し気分が重くなる……。

特急に乗ると、雅たちは（缶ビールを一本ずつ買って）指定席に腰を下ろす。

せっかくだから、名古屋駅近くで夕食を摂って解散しようという話になった。

プルトップを空けて乾杯すると、千鶴子は言う。

「やはり、伊勢はおかしい。まだ何か隠されてる」

「『伊勢の大神』の正体は、饒速日命と猿田彦神だって分かりましたけど、結局、男千木・女千木の謎は解けませんでした……」

「伊勢では『白』が『黒』に入れ替わってしまったような気がする。持統天皇が、男神を女神に変えてしまったように」

「白が黒？」

「故意じゃなかったかも知れない。でも、最初に持統天皇がそんな『ねじれ』を作ってしまったために、長い年月の間に微妙に全てが変容してしまった」

そういえば、雅は言った。

「おかげ横丁の『神話の館』で見た江戸時代の――旅装束を除いた――熱心な参詣者は、全員が『白装束』でした。現在も、修験道者はもちろん、現在でも、四国巡礼や熊野古道や大神《おおみわ》神社登拝で見られる姿です」

そうね、と千鶴子はビールを一口飲んで頷く。

「確かに、参詣に関しては『白装束』が正式」

「ところが、伊勢神宮の御垣内参拝では、ほとんどの参詣者がブラックフォーマル――『黒装束』でした」

「まあ、それは」千鶴子は苦笑する。「明治以降にそう決められたんだろうけど……。でも確かに、ここでも『白が黒に』なっているわね。白装束から黒装束へ。でも、とにかく謎だらけ」

その言葉に雅は、意を決して尋ねる。

「あの……今までのことを、御子神先生にお訊きしてもよろしいでしょうか」

「もちろん、構わないわよ。でもどうしたの、急に」

「……今、直接お話を聞いても？」

「直接と言ったって――」

「実は御子神先生、学会で鳥羽に泊まっていらっしゃるんです」

そして、昨日の二見興玉神社まで一緒だった話を告げる。

「隠していたわけじゃなかったんですけど、何となく言い出しづらくて……」

雅の話に千鶴子は一瞬絶句したが、

「そんなに気にしなくて良い」笑いながらビールを飲んだ。「デッキで、電話してくれば？」

「ありがとうございます」

雅は携帯を持ってデッキに出ると、御子神からもらったスケジュールの走り書きの紙を開いた。この時間ならば学会も終わっている時間のはず。

携帯番号に発信すると、五回目で御子神が出た。

「もしもし……」

雅は、恐る恐る今までの経過を伝えた。

戻ってきた雅に、

「どうだった？」

千鶴子が尋ねてきた。もう、ビールを空けてしまったらしい。

「はい」雅は答える。「昨日今日の経過と、千鶴子さんが偶然名古屋にいらっしゃったので、一緒にまわった話をお伝えしました」

「そしたら？」

「千鶴子さんさえよければ、名古屋で一緒に夕食でも、と。但し、もう少し遅くなりそうだから、待っていてくれれば——ということでした」

しばらくの沈黙の後、

「いいわ」千鶴子は答えた。「余り気が進まないけれど、了解しました。待ち合わせ時間と場所を決めておいて。でも、あなたは良いの？」

そこで雅は、

「……はい」

と頷いて再びデッキに出て、御子神と連絡を取った。

座席に戻ってくると（車内販売がまわってきていたようで）千鶴子は二本目のビールを飲んでいた。

雅は、怖々《こわごわ》と口を開く。

「あの……私、ちょっと思ったんですけど……」

「何を？」

「千鶴子さんと御子神さんが決裂した、吉原さんという方の件です」

「彼が何か」

はい、と雅は答える。

「私は当時の状況を全く知らないので、口を挟む権利は微塵もないのは充分承知なんですけど……でも、千鶴子さんからのお話を聞く限り……」

千鶴子をそっと覗き込む。

「ひょっとして、御子神先生は千鶴子さんのことを思って、そんな決断をされたんじゃないかなって感じたんです。いえ！　何の根拠もない、ただの勘なんですけど」

「……それで？」

「だって」雅は続けた。「そうでなければ、水野先生が何もおっしゃらなかったって、変じゃないですか。水野先生の性格ですから、御子神先生の判断がおかしかったら、きっと叱りつけています」

「もう退職された小余綾《こゆるぎ》先生と大喧嘩して、二人で研究室を滅茶苦茶にしたこともあったしね」

顔を歪めて笑う千鶴子に、雅は続けた。

「今回の伊勢と同じように、きっと私たちの知らない所に、秘密が隠されているんだと思います。御子神先生は、ああいう一風変わった方ですから、正直に伝えられなかった部分があるんだと思います」

「珍しく、御子神さんの肩を持ってる？」

「そうじゃありません！」雅は真剣な顔で言った。「私は、千鶴子さんと御子神先生が仲違いしているのが、もったいないと思ってるんです。だから今回——私の我が儘だったんですけど——お二人が会える機会を作れたら、と思って勝手なことを考えました」

「そうだったのね……」千鶴子は苦笑いした。「でも『もったいない』って、何が？」

はい、と雅は力強く頷いた。

「私みたいな素人《しろうと》ならどうでも良いんですけど、今回の伊勢はもちろん、出雲に関しても御子神先生と千鶴子さんで、意見が合っている部分がいくつもありました。だから、お互いに持論を戦わせたり賛同し合ったりすれば、とっても素晴らしい説が——今まで誰も考えつかなかったような説が生まれるんじゃないかと思っただけです。つまりこれは、民俗学的にも、もったいないことなんじゃないかって！」

「…………」

沈黙したまま自分を見つめる千鶴子の視線に気がついて、

「あっ」

雅は口を押さえて謝った。

「ご、ごめんなさい。私、また余計なことを……。いつも、こうなんです、言わなくても良いことを勝手にペラペラと——」

しばらくの沈黙の後、

「良いのよ」千鶴子は微笑んだ。「あなたの意見は、いつもとても参考になる」

「……すみません」雅は頭を下げる。「許してください……」

「謝らなくてもいいわよ」

千鶴子は微笑みながら、缶ビールを一口飲んだ。そして、夕暮れの車窓を眺めながら独り言のように呟く。

「でも、伊勢って本当に混沌としているわね。まだまだ、これからね。『伊勢の大神』もそうだったけど、とっても謎が多い」

「……はい」

缶ビールを握りしめたままの雅に向かって、

「そうだ」千鶴子は声をかける。「今度は、元伊勢に行ってみない？　丹後国一の宮・籠神社《このじんじゃ》。主祭神はそれこそ、彦火明命《ひこほあかり》――饒速日命。そして、豊受《とようけ》大神もいる」

「えっ」

「天橋立《あまのはしだて》よ。ああ、そうそう」

千鶴子は楽しそうに笑った。

「そのときは、私の家に泊まれば良いわ。そこらじゅう本だらけだから散らかっていて汚いけど、どこかの古い図書館に泊まると思ってもらえればいい。天橋立までは京都から二時間で行けるから、充分に日帰りできる」

「……でも……」

「夕食は」千鶴子は、一人でどんどん話を進める。「先斗町《ぽんとちょう》の居酒屋で良ければ、ご馳走するわ」

以前の京都でも、雅は先斗町のお店に案内されて二人で食事した。千鶴子は、あの辺りの常連らしい。

「そ、そんな申し訳ないです……」

「あなたさえ良ければ」

「もちろん、私は嬉しいです！」

「じゃあ、気にしないで。でも——」

「何か……？」

「そうなると、籠神社だけじゃもったいないわね」

「え、ええ」

「急に楽しくなってきた」千鶴子は心から微笑んだ。「日程を調整しましょうね」

「はい。必ず！」

雅は答えながら、心の中で思う。

東京に戻ったら、しっかりバイトに励んで、旅費を準備しておかなくては――。

特急を降りると、雅は適当な喫茶店を探す。御子神が到着するまで、千鶴子と二人で時間を潰そうと思ったからだ。

すると千鶴子が歩きながら言った。

「あなたからの意見を取り入れて、今度改めて、御子神さんに尋ねてみる」

「ありがとうございます。でも、改めてって、今日これから尋ねてみられたら良いんじゃ……」

尋ねる雅に、

「ごめん。やっぱり私、今日はこのまま京都に帰る」

千鶴子は、頭を下げて謝った。

「御子神さんに、よろしく伝えて。急用を思い出しました、ごめんなさいって」

えっ。

雅は嘘を吐くのが下手だ。

しかも相手は御子神。絶対に見破られる。

「ちょ、ちょっと待って――」

「じゃあ、よろしくね」千鶴子は微笑みながら雅から離れて行く。「次は京都で会いましょう。天橋立に行くのよ！」

「あ、あの――」

「今回は、いろいろとありがとう」

「こ、こちらこそ――」

雅を一人残し、千鶴子は手を振って行ってしまった。

＊

待ち合わせ場所にやってきた御子神に雅は、

「申し訳ありません！」

辺りをはばからず大きく頭を下げて謝る。

「金澤千鶴子さんなんですけど、な、何か重要な用事を思い出したということで、急いで京都に帰られてしまいました！　な、なので御子神先生にも、くれぐれもよろしくお伝えください、とのことでしたっ」

「そうか」御子神は表情も変えずに言った。「それは残念だ。久しぶりだったのにな」

「また次回、機会があれば必ずと！」

「分かった」御子神は頷く。「では、どうしようか。どこかで食事をするか、それともこのまま帰るか」

「千鶴子さんもいらっしゃらないことですから、このまま東京へ」

御子神と二人きりで食事をするなど想像もできない雅が言うと、

「では、そうしよう」

御子神は答えた。

名古屋から新幹線に乗り、今度は御子神と並んで座った雅は（沈黙が恐かったこともあって）わざと話題を振る。

「そ、そういえば……学会では、今年も、さまざまな発表があったんでしょうね。気になる論文など、ありましたか？」

「もちろん、勉強になった」御子神は答えた。「久しぶりに『日ユ同祖論』などの話も出た。きみに毛が生えたような若い研究者からだったが、この論は聞いたことがあるだろうな」

「えっ」昨日、千鶴子に教わったばかりだ。「もちろんです」

するとと御子神は、

「この手の話は、数年に一度必ずと言ってよいほど、どこからか湧き起こってくる。全く不思議な現象だ。不思議というのは、この説の真偽という意味ではなく、ほぼ一定周期と言っても良いほどの頻度で現れるという意味でね」

まさしく同じことを言う。

そこで、千鶴子にも言われたように「それに関して先生は、どうお考えですか？」と、直接質問を投げかける。

すると御子神は、

「水野先生は、この説に関して『表面に見えているより、もっと大きな問題を孕《はら》んでいる』と言われた。ぼくはそのとき、先生の真意を測りかねたが、しかし今になって、先生が何を指摘されていたのか、分かったような気がしている」

「もっと大きな問題って！　それは何なんですか？」

答えてもらえるかどうか不安だったが訊く。

というより、ここは質問せざるを得ないではないか！

すると御子神は、

「たとえば――」

と、ゆっくり口を開いた。

「遠い昔、天照大神たちに対して、筆舌に尽くしがたいほどの仕打ちを行った朝廷の人々がいた。その結果、水野先生曰く天照大神は『日本を代表する怨霊神の一柱』となってしまった。当然彼らは、自分たちの過去の悪業を隠したい。できれば、なかったことにしたいくらいだった。そこで、歴史をねじ曲げて隠蔽に走ったものの、時が過ぎるにつれて、創作した歴史の欠陥が少しずつ露呈してきてしまった。数々の隠蔽工作の瑕疵《かし》が、表面化してきた」

一息ついて、御子神は続ける。

「一方そこに、天照大神は、もともとユダヤの太陽神でありユダヤ人が祀っていた神だった可能性があると説く人たちが現れた。これが先の朝廷の人々とは全く違う目的の――アイデルバーグの著書の『大和民族はユダヤ人だった』という題名が全てを表しているように――日本人の祖先は我々ユダヤ人だったのだと主張する『日ユ同祖論』だ。そして、この論を唱える人々には二つの目的があった」

「それは……？」

「ユダヤ人優位の立場のままで、日本人は自分たちの子孫だと主張するため。もう一つは、ユダヤの民は東の国で永らえるだろう、という彼らの神からの預言のため。神の預言は、何があっても実現されなくてはならない。そこで、彼らは『日ユ同祖論』という、一石二鳥の手を打った」

「あっ」

雅は目を丸くした。

もしも、そこまでの意図を孕んでいたとすれば、これは、ただの面白可笑しい「トンデモ理論」ではすまないじゃないか！

「では、神々に関するヘブライ語語源説も？」

「古代日本に渡ってきたユダヤ系の人々がいて、それを受け入れた現地・日本の人々がいて、その結果ヘブライ語が日本各地に伝わり、あえて意識して用いた日本人がいたとしても、全く不思議ではない。そうであれば、ヘブライ語と日本語には数々の共通点を見出すことができるという意見は、何の抵抗もなく納得できる。当たり前のことだ」

しかも、と御子神は続ける。

「異人種との混血が発生したとするなら、その地域文明との融合も起こらなくてはならない。それを全て飛ばして、極東の日本だけにユダヤ文明が辿り着いたというのは、民俗学的に不自然極まりない。故に『サマリヤ』が『サムライ』になったとか、『阿吽《あうん》』は『アーメン』からきているとか、『平安京』はヘブライ語で『エルサレム』『シオン』なので、京都・祇園《ぎおん》の名称はここからきているなどと言われてしまうと、それはどうなんだろうと思う。国歌の『君が代』はヘブライ語に訳すことができ、そうすると歌の意味がガラリと変わるなどとなると、かなり眉唾《まゆつば》な話だ」

「確かに……」

『万葉集』を古代朝鮮語で読むより、もっと無理があるかも知れない。

頷く雅に、御子神は言う。

「『君が代』のルーツは、ほぼ判明している。しかし、明治政府以降の朝廷側の人々はそれを認めたくない。そこに『君が代＝ヘブライ語説』が登場してくれば、好都合だから放っておこうと考えてもおかしくはない。お互いにとって得になる話――不作為の作為だ」

「なるほど……」

そこまでは納得した雅は「三柱鳥居」についても尋ねる。

鳥居を三基組み合わせた例の鳥居だ。その組み合わせ方は、上空から見ると正三角形になるように、それぞれ隣の鳥居の柱を共有するように造られている謎の鳥居といわれている。

ところが、この鳥居に関して「日ユ同祖論」では、キリスト教の「三位一体説」——父（神）と子（イエス）と聖霊の三位一体——を表しているのだと主張している。わが国でも非常に珍しい鳥居なので、そう強く言われてしまうと「本当なんだろうか……」と心が揺らぐが、御子神に尋ねてみる。あの鳥居は、本当に「三位一体」を表しているのか？

「はい」

「三柱鳥居か」御子神は、苦笑した。「京都の木嶋坐天照御魂神社《このしまにますあまてるみたま》を始めとして、奈良の大神《おおみわ》教本院や、東京の三囲《みめぐり》神社に存在している鳥居だな」

「根本的に矛盾している」、御子神はあっさり切り捨てた。「自家撞着《じかどうちゃく》している話だ」

「というと……」

「きみは、世界各国で『三位一体』を表している像を見たことがあるか」

「え……」

「それらはみな——最も有名な、チェコの『オロモウツの聖三位一体柱』を見るまでもなく——神・子・聖霊が一体となって彫刻されている、文字どおりの『柱』だ。その他にも、石に刻まれた像などもあるようだが、それらも全て一体となっている。あのように、正三角形の空間を形作っている『三位一体像』など、日本以外のどこにもない」

「でも、あの正三角形を二つ重ねると六芒星（✡）になると……」

「重ねるともなにも」御子神は苦笑した。「現実的に重なっていないのだから、どうにもならない話だ。百歩譲って隠れキリシタンがそこに絡んでいたとしたら、おそらく彼らは――九州・天草《あまくさ》の地で見られるように――一見しただけでは全く分からない、もっと高度な工夫を凝らしただろう」

「では、それらが根本的に矛盾しているというお話は？」

「日ユ同祖論によれば、日本にユダヤ教その他を持ち込んだ人間こそ、秦氏《はたうじ》だったという。そして秦氏は景教――キリスト教ネストリウス派の拠点に住んでいたと。そこで、その信仰を日本に持ってきたのだと」

「はい」

しかし、と御子神は雅を見た。

「ネストリウス派は『三位一体説』を否定している」

「えっ」

「それに、秦氏がネストリウス派を信仰するユダヤ人だったという説には、年代から考えて矛盾がある。というのも、ネストリウス派が中国に伝来したのは七世紀。秦氏の日本渡来よりも、何百年も後のことになる。まあ、誰かの手によってその後に持ち込まれた、という可能性はなくはないがね」

「そうなんですか……」

「その辺りの細かい点は宗教学科の人間に尋ねてもらうとして——。結果だけ言えば、ネストリウス派は『三位一体説』を否定したが故に、異端と呼ばれた歴史を持っている。ゆえに、秦氏がユダヤ教を携えて日本にやってきていたとしても『三位一体』に基づいた三柱鳥居などを造るはずはない」

三柱鳥居と三位一体説は、全く無関係だった。

そう言われてみれば、当たり前のような気もする……。

憑き物が落ちたように脱力しながら頷く雅に向かって、御子神は続けた。

「ユダヤと大和民族の習慣や風習が酷似しているというが、では逆に尋ねればユダヤに黥面《げいめん》の風習はあったかな?」

黥面——顔に入れ墨を入れる風習だ。『魏志倭人伝』にも、大和の人々は「男子大小となく皆黥面す」と書かれている。

「……聞いたことがないです」

「しかしわが国では遠い昔から、安曇《あずみ》族やアイヌの人々の間で行われていた。ユダヤ人がみな黥面していたとなれば、また少し違ってくるだろう」

また、と御子神は言う。

「日本もユダヤも水や塩で身を清める禊ぎの習慣があるともいうが、むしろ入浴の習慣は日本のほうが古い。それに、日本にはユダヤ式の『塗油《とゆ》』――天皇を含めて、人の体や頭に油を塗る――という習慣が全くない。さらに、ユダヤ教では、旧約聖書の子孫への伝承は必須条件とされているようだが、日本では口伝すらされていない。古代にユダヤ人はやってきたとしても、ユダヤ教自体は伝わらなかったんだろう。もしくは、日本で大きく変容してしまったかもしれないな。そもそも、日本の神道は、ユダヤ教のような一神教ではないのだから」

「でも、一時期そういう部分もあったのでは？」

「そういった説は、後世に現れた。しかし、わが国の天地開闢《かいびやく》の際にいらっしゃったとされる神は『天之御中主神《あめのみなかぬしのかみ》』であり、ほぼ同時に『高御産巣日神《たかみむすひのかみ》』と『神産巣日神《かみむすひのかみ》』が成ったという。『造化三神《ぞうかさんしん》』――その名のとおり三柱の神々だ。その後、数多くの神々の父母神となる『伊弉諾《いざなぎ》（伊邪那岐）尊』『伊弉冉《いざなみ》（伊邪那美）尊』の夫婦神。その彼らから生まれたのが『三貴神《さんきしん》――三鬼神』と呼ばれる『天照大神』『月読命』『素戔嗚尊』。一神教的な考えは、むしろ明治以降なのではないかな」

明治……。

伊勢神宮への天皇参拝が、日本史上初めて行われた時代だ。

これは何か、関連しているのか？

それとも、全くの偶然――。

ふと考える雅に、御子神が尋ねてきた。

「きみは、神の数え方を知っているな」

「はい」雅は答える。「一柱《ひとはしら》、二柱《ふたはしら》……『柱』です」

「ところが一神教の国々では、神を数える助数詞は存在しない。なぜなら――」

「神はあくまでも『一人』だから！」

「そういうことだ」御子神は大きく頷いた。「ところが、わが国には神を数える助数詞がある」

神様を数える「柱」という助数詞は、樹木に多大な敬意が払われていた古墳時代、実際に木の柱を建てて「神」を降臨させたからとも言われている。また、出雲大社や伊勢神宮の根本には「心御柱《しんのみはしら》」という柱があるという。さらに、諏訪《すわ》大社では現在も七年に一度、神様を柱に見立てた「御柱祭《おんばしら》」が、大々的に執り行われている。

つまり、と御子神は言う。

「古来、多神教だったという証拠だ」

「確かにそうです！」

「そもそもわが国は」さらに続けた。「ユダヤよりも中国——道教からの影響が比較にならないほど濃い」

「道教……ですか」

「有名なところでは、節分の豆まき——道教でいう『追儺《ついな》』。端午《たんご》の節句は『辟邪《へきじゃ》・辟病』。夏越祓《なごしのはらえ》の茅の輪くぐりは蘇民将来《そみんしょうらい》の伝説。七夕は『乞巧奠《きっこうでん》』……などなど、数え上げればきりがない。それこそ天照坐皇大御神御魂《あまてらしますすめおおみかみのみたま》を主祭神とする、志摩国一宮・伊雑宮《いざわのみや》もそうだ。御田植《おたうえ》祭の際に、神田の中央に立てられる忌竹《いみだけ》には——」

「『太一《たいつ》』の文字が書かれています！」その写真を思い出して、雅は叫んでいた。

「『ゴンバウチワ』という大きな団扇に、くっきりと大書されて」

「『太一』というのは当然、道教で言う『天の中心』『宇宙の根源』という意味だから、間違いなく道教からきているはずだが、公には認められていない。公に認められていないといえば『天皇』の称号もそうだ」

「天皇も？」

「道教の『天皇大帝《てんのうたいてい》』からきていることは明白だ。何しろ『太一』同様、北辰――北極星を表しているんだからな。しかし、関係者の根強い反論によって未だ認められていないし、公には否定されている」

御子神は苦笑いする。

「ことほど左様に、我々は一方的に与えられた情報を鵜呑みにせず、自分で考えなくてはならないという結論に達するわけだ。これは水野先生と、すでに退職された小《こ》余綾《ゆるぎ》先生が、いつもおっしゃっていたことだがね」

「でも、そんなことは文献には――」

「載っていないと言うのか。きみは、文献以外、信じてはいけないとでも？」

「信じる信じないという話じゃなく、文献を重要視しなくて、一体何を重要視したら良いと」

「もちろん、文献は重要だ。いや、最重要だ。しかし、それ以外にも信じられるものがあるだろう」

「それ以外……」

「自分が培ってきた歴史だ。自分の身に備わっている常識や経験や情報、そしてそれらに裏付けされた直感だ。それらと、文献が齟齬《そご》を来《きた》すのならば、おそらく文献の信憑性が薄い」

雅は——そこまで言いきれる自信は全くない。

御子神は続けた。

「事実、昔は『古事記』『日本書紀』の一字一句たりとも疑ってはいけない、全ての文章、全ての文字が正しいのだという説もあったが、きみは今でもそう思うか？」

雅は無言のまま、首を横に振った。

しかし……。

水野が言ったという「もっと大きな問題」という言葉の意味が、雅にもおぼろげに分かってきたような気がした。「日ユ同祖論」は、実は何か、もっと大きな秘密を隠しておくために、何度も何度も流布される。

でも、誰に？

もしかすると——。

それを御子神に確認しそうになった雅は、ぐっと思い留まる。例によって「今言ったばかりだろう。ここまで説明したんだから、そこから先は自分の頭で考えろ」と言われるに違いない。

その証拠に御子神は、シートを少し倒して寄りかかると口を閉ざし、目を瞑ってしまった。これ以上の質問は無用というポーズ。

その隣で、雅は眉根を寄せながら、じっと考える——。

一、天照大神に対して悪業を働き、彼女を大怨霊にしてしまった人々がいる。
二、日ユ同祖論——大和民族はユダヤ人だという説をふりかざす人々がいる。

当然のことだけれど、一と二、双方の主張に何の接点もない。

ところが、この二つの説——目指す着地点は全く違う説が、思いがけない点で一致した。それは双方ともに、天照大神の本質は曖昧であるとしたい点だった。実在していた怨霊神・天照大神の存在を、曖昧模糊としたものにしてしまいたい……。

たとえば。

大会社で、社長を降ろしたい派閥が二つあった。それが「反天皇家」派と「日ユ同祖論」派。

最終目的地点は天と地ほど違っているが、目の前の目的は偶然にも同じで「社長を貶《おとし》める」こと。そこで、直接手を組みはしないものの「反天皇家」派が「日ユ同祖論」派の言動に目をつぶる。これが現状。ゆえに「日ユ同祖論」が「万葉集古代朝鮮語説」と違って完全には潰されず、何度でも甦ることになった。

それは——百歩譲って良いとしても（良くはないけれど）——その結果、本来の太陽神であった饒速日命や猿田彦神の存在までもが、闇の彼方に追いやられてしまう。

実際の話。平安時代に「六歌仙」と呼ばれた歌人・小野小町《おののこまち》という女性がいた。しかし、彼女の生誕地、終焉の地、更にはそのルーツでさえ明らかではない。あれこれ検討して言い争っているうちに、小町を「架空の人物」だったのではないかと主張する説すら登場した。そうなると一番喜ぶのは、彼女を宮廷から追放して、やはり怨霊化させてしまった貴族たちだ。

それと同じことが、天照大神に関して起こっているということなのか。「河童」たちのように、現実世界で生きていたにもかかわらず、その存在すら曖昧にされてしまった人々。

〝考えすぎ……？〟

いや、そんなことはない。

その証拠の一つが「日ユ同祖論」が、何度も湧き起こってくるという事実だ。「万葉集古代朝鮮語説」は、実にあっさりと消滅してしまっている。一方「日ユ同祖論」は、何回も甦っては姿を現す。これはやはり、消えてしまわないように意図的に蒸し返している人々がいるのだ。

だが一方。

「怨霊」や「鬼」というと、そもそもそれらが実在しているのかという議論になるし、驚いたことに近頃は「怨霊」の存在を否定する民俗学者もいるというから、ここは「怨霊」＝「非常に不幸な亡くなり方をした人」と、言葉を変えておくべきかもしれない。実在していたにもかかわらず、為政者やそれに媚び阿諛《あゆ》する人々のせいで「妖怪」という「想像物」として歴史の中に葬られてしまった、鬼や河童や土蜘蛛たち。

また――。

昔に読んだ芥川龍之介《あくたがわりゅうのすけ》の小説に「神神《かみがみ》の微笑《びしょう》」という短編があった。日本へ布教にやってきた宣教師・オルガンティノが、老人の姿となって現れた日本の神と論争する話だ。あなたの努力は徒労に終わるだろうという老人に向かって、オルガンティノは「泥烏須《でうす》」に帰依《きえ》する人間たちも増えて、順調に布教が行われていると答えた。するとその老人（日本の神）は、いくらでも何人でも帰依するでしょうと答える。事実、仏教徒は爆発的に増えている。しかし、日本民族の本当の力は「造り変える力」なのだと告げた。帰依はしても、教えをそのまま受け入れるのではなく「造り変え」てしまうのだ、と。それでもオルガンティノは「泥烏須は勝つ」と宣言するが、老人は「事によると泥烏須自身」すらも、この国の人間になってしまうだろうと予言する。というのも、自分たち「日本の神」は、いつもどこにでも存在しているからだと告げ、

「御気をつけなさい。御気をつけなさい……」

という言葉を残して去ってしまう。

この時点で芥川は、オルガンティノが日本の神々に決して勝利できないことを宣言したわけだ。

我々日本人は、ずっと昔から他国からのさまざまな影響を受けながら、それを取り込み咀嚼して、日本独特の文化を創り上げてきた。今、御子神が言った「道教」にしてもそうだ。

正月。雛祭り。端午の節句。七夕――などなど。

ルーツを辿れば他国にあるだろうが、その風習は我々の手元に届いた時点から、少しずつ違うものになって行き、やがては全く別の新しい（本来は何だったのかさえ分からなくなってしまうような）風習・習慣に造り替えられる。それが良いことなのか悪いことなのか、意図的か偶然かという判断は別として、それが「日本」という国な

のだ。

「日ユ同祖論」も同じ。ユダヤから秦の国経由で日本に渡ってきた人間や風習その他も、たくさんあったろう。しかし「道教」と同じように、大和民族はそれを日本風にアレンジした。

実際に我々の祖先たちは、漢字の意味さえ変換してしまう。

たとえば「鮑《あわび》」「鮎《あゆ》」。

これを原典——あくまでも中国語にこだわって解すると「鮑」は「うすじおに漬け込んだ魚」「腐臭の強いもの」であり、「鮎」は「なまず」だ。日本の「あわび」や「あゆ」とは全く違う。

だから、語源を大切に、とばかり主張していると日本語の意味がおかしくなってしまうし、どうしてそう変換したのか（そこにどんな理由が隠されているのか）という重要な歴史が分からなくなる。かといって、語源を無視してもダメ。その匙加減《さじかげん》がとても難しい。

そういえば……。

漢字で「伊勢」という地名はどうなんだろう。何か意味があるのか……。

〝戻ったら調べてみよう。それと、波木さんに訊いてみよう〟

思わず声に出してしまったらしい。

それを聞きつけた御子神が、薄目を開いて雅を見た。

「す、すみません、お休みのところ……」

謝る雅に御子神は言った。

「そういえば、波木くんからメモ書きを預かっていた」

「波木さんから？」

「今、病院通いで忙しいから、もし、橘樹《たちばな》さんが必要だと言ったら渡してくれと」

「は、はい……」

御子神から受け取った祥子のメモを見て、

〝えっ〟

雅は思わず目を見開いた。

「『字統』による——。

『伊』

伊は君に対して、たとえば伊尹《いいん》のように、これを助ける聖職者をいう語であった。

（中略）祭祀のときの呪杖《じゅじょう》を掌《つかさど》る。伊は神の憑《よ》りつくその呪杖をもつ人を意味した。

ここからは私見——。

この文字を解析してみると、『尸《しかばね》』に『一』を加えた文字でもある。この『尸』は、屍体が横たわる形を象っている。あるいは『尾をだらりと下げた犬（狗）』で、屈服するという意味になる。また、『い』を『斎』と書けば、これは『忌み清め』『穢れなく清浄』そして『タブー』という意味になる」

「こ、これ！」

雅は叫んでしまったが、御子神はまたしても腕を組んで目を瞑り、口を閉じたままシートに寄りかかっていた……。

漢字や道教などでもそうなのだから、ましてやユダヤの風習や言語が、そのままの形で残っているわけもない。残っているのは、日本で変換されたものだけ。たとえ、キリストの墓があっても良いし、ダビデの星がいくつも残されていても構わない。それこそ「日ユ」が同祖でも結構。

一説では、我々日本人の持つＤＮＡのある部分が、ユダヤの人々とだけ共通しているという話もあるが、しかしそれを言ってしまえば、全世界の誰もがどこかで他の民族と繋がっているだろう。それに、我々がユダヤの人々のDNAを受け継いでいると　したところで、それは「遺伝的・化学的」なもので「精神的・文化的」な話とは全く違う。

　いや、もっと正確を期して言うと「精神的・文化的」に受け継いでいたとしても、そこから何度も改変・改革を繰り返し、全く（と断言しても良いほど）違う文化を作り上げてきた。一組の両親から、全く違った性格の兄弟姉妹が誕生し、彼らがまた枝分かれしながら連綿と続いて行くように。

　それはまさに、芥川の言う、

「御気をつけなさい。御気をつけなさい……」

　我々が現実に生きているのは、祖先たちが培《つちか》ってくれた、その「日本」なのだ。

　水野が戻ってきたら、今の考えをぶつけてみたい。何と答えてくれるだろう？

　いや、その前に御子神は？

　そう思って隣を見たが、ぐっすり眠ってしまっているようだった。

　今回の伊勢での成果（？）も伝えたかったし、結局内宮では御子神の言っていた「八開手《やひらで》」——神職の八拍手も見ることはできなかったから、それも教えて欲しい。

　しかし……やはり疲れたのだろう、本当に寝入っている。

それならば、今回の伊勢で（御子神や千鶴子からも含めて）学んだことをレポートにまとめて、改めて研究室に持っていこう。御子神や波木祥子は、どんな反応をするだろう。ちょっと恐いけれど、少し楽しくなった雅は、窓の外の景色を眺めた。

でも――。

どちらにしても天照大神たちは、その時代時代の権力者たちによって、利用されてきていることは間違いない。

天照大神は元から「輝く太陽神」だったわけではなく、本来の「輝く太陽神」であった饒速日命と、その子孫神・猿田彦神の代わりに、無理矢理その地位に据えられてしまった。というのも、天照大神は、彼らと血縁関係にあったからだ。

その結果、平安貴族たちからは敬われることもなく、逆に見下された――。

しかし、これではまだ水野の言う「大怨霊神」には少し遠い。まだ何か隠された歴史や秘密があるのだろう。

出雲のときも強く感じたのだけれど、我々はそれらの隠された歴史を知って、参拝しなくてはならないのではないか。ただ単に、自分の願望を訴えるのではなく、そこにいらっしゃる神様たちの辛く悲しい歴史を学んでからお参りする。

それこそが神社参拝の本質なのではないか。

とにかく次は千鶴子と一緒に、元伊勢・籠神社に足を運ばなくては（バイトもしなくては……）。

外宮・内宮の男千木・女千木に関しても、御子神や千鶴子の話を総合すれば自然に、ある結論に達する。雅はそれに関しても自分なりの考えを持っているし、何となく見当もついた。でも、まだ物証が何もない。だから、それも探しに行かなくては。

そして、まだ誰も知らない「伊勢」を探るのだ。

雅は心の中で改めて誓った。

参考文献

『古事記』次田真幸全訳注／講談社
『日本書紀』坂本太郎・家永三郎・井上光貞・大野晋校注／岩波書店
『続日本紀』宇治谷孟全現代語訳／講談社
『続日本後紀』森田悌全現代語訳／講談社
『万葉集』中西進全訳注／講談社
『風土記』武田祐吉編／岩波書店
『新訂　魏志倭人伝・後漢書倭伝・宋書倭国伝・隋書倭国伝』石原道博編訳／岩波書店
『古今著聞集』西尾光一・小林保治校注／新潮社
『古語拾遺』斎部広成撰／西宮一民校注／岩波書店
『土佐日記　蜻蛉日記　紫式部日記　更級日記』長谷川政春・今西祐一郎・伊藤博・吉岡曠校注／岩波書店
『おくのほそ道』久富哲雄全訳注／講談社
『日本人のための日本再発見[1]　伊勢神宮』樋口清之他／旭屋出版

『アマテラスの誕生』筑紫申真／講談社
『謎のサルタヒコ』鎌田東二編著／創元社
『サルタヒコの旅』鎌田東二編著／創元社
『ウズメとサルタヒコの神話学』鎌田東二／大和書房
『サルタヒコの謎を解く』藤井耕一郎／河出書房新社
『サルタヒコ考——猿田彦信仰の展開』飯田道夫／臨川書店
『なるほど語源辞典』山口佳紀編／講談社
『隠語大辞典』木村義之・小出美河子編／皓星社
『鬼の大事典』沢史生／彩流社
『新訂　字統』白川静／平凡社
『新訂　字訓』白川静／平凡社
『大和民族はユダヤ人だった』ヨセフ・アイデルバーグ／中川一夫訳／たま出版
『日本固有文明の謎はユダヤで解ける』ヒカルランド
「日本の中に生きる古代ユダヤ」久保有政
「ノーマン・マクレオドの『日本案内』」ノーマン・マクレオド／久保有政訳
「日本人とは誰か」エドワード・オドルム／久保有政訳

『芥川龍之介集　新潮日本文学10』芥川龍之介／新潮社
『すぐわかる日本の伝統色　改訂版』福田邦夫／東京美術
『絵図に見る伊勢参り』旅の文化研究所編／河出書房新社
「伊勢参宮名所図会」国立国会図書館デジタルコレクション
「斎宮歴史博物館　総合案内――改訂新版――」斎宮歴史博物館
「猿田彦と椿大神――神名にまつわる死穢の烙印――」富田弘子
観世流謡本『三輪』丸岡明／能楽書林

＊本文145ページ及び189ページの図版は、早稲田大学図書館所蔵『伊勢参宮名所図会』を使用させていただきました。

＊作品中に、インターネットや、大学のデータベースより引用した形になっている箇所がありますが、それらはあくまで創作上の都合であり、全て右参考文献からの引用によるものです。

＊引用文中には、現代において不適切な言葉が散見されますが、当時の世相、著者の

意向などを考慮しまして、あえてそのままとさせていただきました。

＊伊勢を深くご案内くださり、方言に関しても監修いただきました、石川（荒木田）幸世さんに、この場で篤く御礼申し上げます。

この作品は完全なるフィクションであり、
実在する個人名・団体名・地名等が登場することに関し、
それら個人等について論考する意図は全くないことを
ここにお断り申し上げます。

高田崇史オフィシャルウェブサイト『**club TAKATAKAT**』
URL：https://takatakat.club/
X（旧Twitter）：「高田崇史＠club-TAKATAKAT」

出雲』
『QED　憂曇華《うどんげ》の時』
『試験に出ないQED異聞　高田崇史短編集』
『QED　源氏の神霊』
『QED　神鹿《しんろく》の棺《ひつぎ》』
『古事記異聞　陽昇る国、伊勢』
（以上、講談社ノベルス、講談社文庫）
『鬼神伝　鬼の巻』
『鬼神伝　神の巻』
（以上、講談社ミステリーランド、講談社文庫）
『軍神の血脈　楠木正成秘伝』
『源平の怨霊　小余綾《こゆるぎ》俊輔の最終講義』
（以上、講談社単行本、講談社文庫）
『毒草師　白蛇の洗礼』
（以上、講談社ノベルス）
『江ノ島奇譚』
（講談社単行本）
『毒草師　パンドラの鳥籠』
（朝日新聞出版単行本、新潮文庫）
『七夕の雨闇　毒草師』
（新潮社単行本、新潮文庫）
『鬼門の将軍』
（新潮社単行本）
『鬼門の将軍　平将門』
（新潮文庫）
『卑弥呼の葬祭　天照暗殺』
『采女の怨霊――小余綾俊輔の不在講義』
（新潮社単行本、新潮文庫）
『猿田彦の怨霊――小余綾俊輔の封印講義』
（新潮社単行本）

《高田崇史著作リスト》

『QED　百人一首の呪《しゅ》』
『QED　六歌仙の暗号』
『QED　ベイカー街の問題』
『QED　東照宮の怨《えん》』
『QED　式の密室』
『QED　竹取伝説』
『QED　龍馬暗殺』
『QED ～ventus～　鎌倉の闇《くらやみ》』
『QED　鬼の城伝説』
『QED ～ventus～　熊野の残照』
『QED　神器封殺』
『QED ～ventus～　御霊将門』
『QED　河童伝説』
『QED ～flumen～　九段坂の春』
『QED　諏訪の神霊』
『QED　出雲神伝説』
『QED　伊勢の曙光』
『QED ～flumen～　ホームズの真実』
『QED ～flumen～　月夜見《つくよみ》』
『QED ～ortus～　白山の頻闇《しきやみ》』
『毒草師　QED Another Story』
『試験に出るパズル』
『試験に敗けない密室』
『試験に出ないパズル』
『パズル自由自在』
『化けて出る』
『麿の酩酊事件簿　花に舞』
『麿の酩酊事件簿　月に酔』
『クリスマス緊急指令』
『カンナ　飛鳥の光臨』
『カンナ　天草の神兵』
『カンナ　吉野の暗闘』
『カンナ　奥州の覇者』
『カンナ　戸隠の殺皆』
『カンナ　鎌倉の血陣』
『カンナ　天満の葬列』
『カンナ　出雲の顕在』
『カンナ　京都の霊前』
『鬼神伝　龍の巻』
『神の時空　鎌倉の地龍』
『神の時空　倭の水霊』
『神の時空　貴船の沢鬼』
『神の時空　三輪の山祇』
『神の時空　嚴島の烈風』
『神の時空　伏見稲荷の轟雷』
『神の時空　五色不動の猛火』
『神の時空　京の天命』
『神の時空　前紀　女神の功罪』
『古事記異聞　鬼棲む国、出雲』
『古事記異聞　オロチの郷、奥出雲』
『古事記異聞　京の怨霊、元出雲』
『古事記異聞　鬼統べる国、大和

●この作品は、二〇二二年十一月に、講談社ノベルスとして刊行されたものです。

|著者|高田崇史　昭和33年東京都生まれ。明治薬科大学卒業。『QED 百人一首の呪』で、第9回メフィスト賞を受賞し、デビュー。歴史ミステリを精力的に書きつづけている。近著は『江ノ島奇譚』『猿田彦の怨霊　小余綾《こゆるぎ》俊輔の封印講義』など。

陽昇《ひのぼ》る国《くに》、伊勢《いせ》　古事記異聞《こじきいぶん》

高田崇史《たかだたかふみ》

講談社文庫

定価はカバーに
表示してあります

2024年11月15日第1刷発行

発行者――篠木和久
発行所――株式会社　講談社
東京都文京区音羽2-12-21　〒112-8001
電話　出版（03）5395-3510
　　　販売（03）5395-5817
　　　業務（03）5395-3615

Printed in Japan

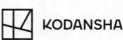

デザイン―菊地信義
本文データ制作―講談社デジタル製作
印刷―――株式会社KPSプロダクツ
製本―――加藤製本株式会社

ISBN978-4-06-536961-6

講談社文庫刊行の辞

二十一世紀の到来を目睫に望みながら、われわれはいま、人類史上かつて例を見ない巨大な転換期をむかえようとしている。

世界も、日本も、激動の予兆に対する期待とおののきを内に蔵して、未知の時代に歩み入ろうとしている。このときにあたり、創業の人野間清治の「ナショナル・エデュケイター」への志を現代に甦らせようと意図して、われわれはここに古今の文芸作品はいうまでもなく、ひろく人文・社会・自然の諸科学から東西の名著を網羅する、新しい綜合文庫の発刊を決意した。

激動の転換期はまた断絶の時代である。われわれは戦後二十五年間の出版文化のありかたへの深い反省をこめて、この断絶の時代にあえて人間的な持続を求めようとする。いたずらに浮薄な商業主義のあだ花を追い求めることなく、長期にわたって良書に生命をあたえようとつとめるところにしか、今後の出版文化の真の繁栄はあり得ないと信じるからである。

同時にわれわれはこの綜合文庫の刊行を通じて、人文・社会・自然の諸科学が、結局人間の学にほかならないことを立証しようと願っている。かつて知識とは、「汝自身を知る」ことにつきていた。現代社会の瑣末な情報の氾濫のなかから、力強い知識の源泉を掘り起し、技術文明のただなかに、生きた人間の姿を復活させること。それこそわれわれの切なる希求である。

われわれは権威に盲従せず、俗流に媚びることなく、渾然一体となって日本の「草の根」をかたちづくる若く新しい世代の人々に、心をこめてこの新しい綜合文庫をおくり届けたい。それは知識の泉であるとともに感受性のふるさとであり、もっとも有機的に組織され、社会に開かれた万人のための大学をめざしている。大方の支援と協力を衷心より切望してやまない。

一九七一年七月

野間省一

講談社文芸文庫

高橋源一郎
ゴヂラ
解説＝清水良典　年譜＝若杉美智子、編集部
なぜか石神井公園で同時多発的に異変が起きる。ここにいる「おれ」たちは奇妙なものに振り回される。そして、ついに世界の秘密を知っていることに気づくのだ！
たN6
978-4-06-537554-9

古井由吉
小説家の帰還　古井由吉対談集
解説＝鵜飼哲夫　年譜＝著者、編集部
長篇『楽天記』刊行と踵を接するように行われた、文芸評論家、詩人、解剖学者、小説家を相手に時に軽やかで時に重厚、多面的な語りが繰り広げられる対話六篇。
ふA16
978-4-06-537248-7

講談社文庫　目録

田中芳樹　創竜伝14〈月への門〉
田中芳樹　創竜伝15〈旅立つ日まで〉
田中芳樹　魔天楼〈薬師寺涼子の怪奇事件簿〉
田中芳樹　東京ナイトメア〈薬師寺涼子の怪奇事件簿〉
田中芳樹　巴里《パリ》・妖都変〈薬師寺涼子の怪奇事件簿〉
田中芳樹　クレオパトラの葬送〈薬師寺涼子の怪奇事件簿〉
田中芳樹　黒蜘蛛島《ブラックスパイダー・アイランド》〈薬師寺涼子の怪奇事件簿〉
田中芳樹　夜光曲〈薬師寺涼子の怪奇事件簿〉
田中芳樹　魔境の女王陛下〈薬師寺涼子の怪奇事件簿〉
田中芳樹　海から何かがやってくる〈薬師寺涼子の怪奇事件簿〉
田中芳樹　白魔《びゃくま》のクリスマス〈薬師寺涼子の怪奇事件簿〉
田中芳樹　タイタニア1〈疾風篇〉
田中芳樹　タイタニア2〈暴風篇〉
田中芳樹　タイタニア3〈旋風篇〉
田中芳樹　タイタニア4〈烈風篇〉
田中芳樹　タイタニア5〈凄風篇〉
田中芳樹　ラインの虜囚
田中芳樹　新・水滸後伝(上)(下)
田中芳樹／幸田露伴 原作　運命〈二人の皇帝〉
田中芳樹／土屋守　「イギリス病」のすすめ
田中芳樹ほか 文／皇名月 画・文　中国帝王図
田中芳樹／赤城毅　中欧怪奇紀行
田中芳樹 編訳　岳飛伝(一)〈青雲篇〉
田中芳樹 編訳　岳飛伝(二)〈烽火篇〉
田中芳樹 編訳　岳飛伝(三)〈風塵篇〉
田中芳樹 編訳　岳飛伝(四)〈悲曲篇〉
田中芳樹 編訳　岳飛伝(五)〈凱歌篇〉
高田文夫　TOKYO芸能帖〈1981年のビートたけし〉
高村薫　李歐《りおう》
高村薫　マークスの山(上)(下)
高村薫　照柿(上)(下)
多和田葉子　犬婿入り
多和田葉子　尼僧とキューピッドの弓
多和田葉子　献灯使
多和田葉子　地球にちりばめられて
多和田葉子　星に仄めかされて
高田崇史　QED〈百人一首の呪《しゅ》〉
高田崇史　QED〈六歌仙の暗号〉
高田崇史　QED〈ベイカー街の問題〉
高田崇史　QED〈東照宮の怨〉
高田崇史　QED〈式の密室〉
高田崇史　QED〈竹取伝説〉
高田崇史　QED〈龍馬暗殺〉
高田崇史　QED ～ventus～〈鎌倉の闇〉
高田崇史　QED〈鬼の城伝説〉
高田崇史　QED ～ventus～〈熊野の残照〉
高田崇史　QED〈神器封殺〉
高田崇史　QED ～ventus～〈御霊将門〉
高田崇史　QED ～flumen～〈九段坂の春〉
高田崇史　QED〈諏訪の神霊〉
高田崇史　QED〈出雲神伝説〉
高田崇史　QED〈伊勢の曙光《あけぼの》〉
高田崇史　QED ～flumen～〈ホームズの真実〉
高田崇史　毒草師〈QED Another Story〉
高田崇史　QED〈～flumen～月夜見〉
高田崇史　QED〈～ortus～白山の頻闇〉
高田崇史　QED〈憂曇華《うどんげ》の時〉

講談社文庫　目録

田牧大和 錠前破り、銀太 紅蜆《べにしじみ》
田牧大和 錠前破り、銀太 首魁《しゅかい》
田牧大和 大福 三つ巴〈宝来堂うまいもん番付〉
田中慎弥 完全犯罪の恋
高野史緒 カラマーゾフの妹
高野史緒 翼竜館の宝石商人
高野史緒 大天使はミモザの香り
瀧本哲史 僕は君たちに武器を配りたい〈エッセンシャル版〉
竹吉優輔 襲名犯
高田大介 図書館の魔女 第一巻
高田大介 図書館の魔女 第二巻
高田大介 図書館の魔女 第三巻
高田大介 図書館の魔女 第四巻
高田大介 図書館の魔女 烏《からす》の伝言《つてこと》(上)(下)
大門剛明 完全無罪
大門剛明 死刑評決〈「完全無罪」シリーズ〉
橘もも 著 沖田×華 原作 安達奈緒子 脚本 小説 透明なゆりかご(上)(下)
橘もも 著 ヤマシタトモコ 原作 相沢友子 脚本 さんかく窓の外側は夜〈映画版ノベライズ〉
橘もも 脚本 三木聡 大怪獣のあとしまつ〈映画ノベライズ〉
滝口悠生 高架線
高山文彦 ふたり〈皇后美智子と石牟礼道子〉

高橋弘希 日曜日の人々《サンデー・ピープル》
武田綾乃 青い春を数えて
武田綾乃 愛されなくても別に
谷口雅美 殿、恐れながらブラックでござる
谷口雅美 殿、恐れながらリモートでござる
武川佑 虎の牙
武内涼 謀聖 尼子経久伝〈青雲の章〉
武内涼 謀聖 尼子経久伝〈風雲の章〉
武内涼 謀聖 尼子経久伝〈瑞雲の章〉
武内涼 謀聖 尼子経久伝〈雷雲の章〉
立松和平 すらすら読める奥の細道
高梨ゆき子 大学病院の奈落
珠川こおり 檸檬先生
高原英理 不機嫌な姫とブルックナー団
陳舜臣 中国五千年(上)(下)
陳舜臣 中国の歴史 全七冊
陳舜臣 小説十八史略 全六冊
千早茜 森の家
千野隆司 大店の暖簾《のれん》〈下り酒一番〉

千野隆司 分家の始末〈下り酒一番㈡〉
千野隆司 献上の祝酒〈下り酒一番㈢〉
千野隆司 大《おお》酒《ざけ》の合戦〈下り酒一番㈣〉
千野隆司 銘酒の真贋〈下り酒一番㈤〉
千野隆司 追跡
知野《ちの》みさき 江戸は浅草
知野みさき 江戸は浅草2〈盗人探し〉
知野みさき 江戸は浅草3〈桃と桜〉
知野みさき 江戸は浅草4〈冬青《そよご》灯籠《どうろう》〉
知野みさき 江戸は浅草5〈春の捕物〉
崔《チェ》実《シル》 ジニのパズル
崔実 pray human《プレイ ヒューマン》
筒井康隆 創作の極意と掟
筒井康隆 読書の極意と掟
筒井康隆 ほか12名 名探偵登場!
都筑道夫 なめくじに聞いてみろ〈新装版〉
辻村深月 冷たい校舎の時は止まる(上)(下)
辻村深月 子どもたちは夜と遊ぶ(上)(下)
辻村深月 凍りのくじら

戸谷洋志　Jポップで考える哲学〈自分を問い直すための15曲〉
富樫倫太郎　信長の二十四時間
富樫倫太郎　スカーフェイス〈警視庁特別捜査第三係・淵神律子〉
富樫倫太郎　スカーフェイスII　デッドリミット〈警視庁特別捜査第三係・淵神律子〉
富樫倫太郎　スカーフェイスIII　ブラッドライン〈警視庁特別捜査第三係・淵神律子〉
富樫倫太郎　スカーフェイスIV　デストラップ〈警視庁特別捜査第三係・淵神律子〉
豊田　巧　警視庁鉄道捜査班〈鉄血の警視〉
豊田　巧　警視庁鉄道捜査班〈鉄路の牢獄〉
砥《と》上《がみ》裕《ひろ》將《まさ》　線は、僕を描《えが》く
遠田潤子　人でなしの櫻
夏樹静子　新装版　二人の夫をもつ女
中井英夫　新装版　虚無への供物(上)(下)
中村敦夫　狙われた羊
中島らも　僕にはわからない
中島らも　今夜、すべてのバーで〈新装版〉
鳴海　章　フェイスブレイカー
鳴海　章　謀略航路
鳴海　章　全能兵器AiCO《アイコ》
中嶋博行　新装版　検察捜査

中村天風　運命を拓く〈天風瞑想録〉
中村天風　叡智のひびき〈天風哲人　箴言《しんげん》註釈《ちゅうしゃく》〉
中村天風　真理のひびき〈天風哲人　新箴言《しんげん》註釈《ちゅうしゃく》〉
中山康樹　ジョン・レノンから始まるロック名盤
梨屋アリエ　でりばりぃAge
梨屋アリエ　ピアニッシシモ
中島京子　妻が椎茸だったころ
中島京子ほか　黒い結婚　白い結婚
奈須きのこ　空の境界(上)(中)(下)
中村彰彦　乱世の名将　治世の名臣
長野まゆみ　簞笥のなか
長野まゆみ　レモンタルト
長野まゆみ　チマチマ記
長野まゆみ　冥途あり
長野まゆみ　45°〈ここだけの話〉
長嶋　有　夕子ちゃんの近道
長嶋　有　佐渡の三人
長嶋　有　もう生まれたくない
永嶋恵美　擬態

永井　均　内田かずひろ 絵　子どものための哲学対話
なかにし礼　戦場のニーナ
なかにし礼　生きる力〈心でがんに克《か》つ〉
なかにし礼　夜の歌(上)(下)
中村文則　最後の命
中村文則　悪と仮面のルール
中田整一 編/解説　真珠湾攻撃総隊長の回想〈淵田美津雄自叙伝〉
中田整一　四月七日の桜〈戦艦「大和」と伊藤整一の最期〉
中村江里子　女四世代、ひとつ屋根の下
中野美代子　カスティリオーネの庭
中野孝次　すらすら読める方丈記
中野孝次　すらすら読める徒然草
中山七里　贖罪の奏鳴曲《ソナタ》
中山七里　追憶の夜想曲《ノクターン》
中山七里　恩讐の鎮魂曲《レクイエム》
中山七里　悪徳の輪舞曲《ロンド》
中山七里　復讐の協奏曲《コンチェルト》
長島有里枝　背中の記憶
長浦　京　赤刃《セキジン》

長浦 京 リボルバー・リリー
長浦 京 マーダーズ
中脇初枝 世界の果てのこどもたち
中脇初枝 神の島のこどもたち
中村ふみ 天空の翼 地上の星
中村ふみ 砂の城 風の姫
中村ふみ 月の都 海の果て
中村ふみ 雪の王 光の剣
中村ふみ 永遠《とわ》の旅人 天地の理《ことわり》
中村ふみ 大地の宝玉 黒翼《こくよく》の夢
中村ふみ 異邦の使者 南天の神々
夏原エヰジ Cocoon〈修羅の目覚め〉
夏原エヰジ Cocoon2〈蠱惑の焰〉
夏原エヰジ Cocoon3〈幽世の祈り〉
夏原エヰジ Cocoon4〈宿縁の大樹〉
夏原エヰジ Cocoon5〈瑠璃の浄土〉
夏原エヰジ 連理の宝〈Cocoon外伝〉
夏原エヰジ Cocoon〈京都・不死篇―蠢《しゅん》―〉
夏原エヰジ Cocoon〈京都・不死篇2―疼《とう》―〉
夏原エヰジ Cocoon〈京都・不死篇3―愁《しゅう》―〉
夏原エヰジ Cocoon〈京都・不死篇4―嗄《か》―〉
夏原エヰジ Cocoon〈京都・不死篇5―巡《めぐる》―〉
長岡弘樹 夏の終わりの時間割
ナガノ ちいかわノート
西村京太郎 華麗なる誘拐
西村京太郎 寝台特急「日本海」《メモリー・トレイン》殺人事件
西村京太郎 十津川警部 帰郷・会津若松
西村京太郎 特急「あずさ」《アリバイ・トレイン》殺人事件
西村京太郎 十津川警部の怒り
西村京太郎 宗谷本線殺人事件
西村京太郎 奥能登に吹く殺意の風
西村京太郎 特急「北斗1号」《スーサイド・トレイン》殺人事件
西村京太郎 十津川警部 湖北の幻想
西村京太郎 九州特急「ソニックにちりん」殺人事件
西村京太郎 東京・松島殺人ルート
西村京太郎 新装版 殺しの双曲線
西村京太郎 新装版 名探偵に乾杯
西村京太郎 南伊豆殺人事件
西村京太郎 十津川警部 青い国から来た殺人者
西村京太郎 新装版 天使の傷痕
西村京太郎 新装版 D機関情報
西村京太郎 十津川警部 猫と死体はタンゴ鉄道に乗って
西村京太郎 韓国新幹線を追え
西村京太郎 北リアス線の天使
西村京太郎 十津川警部 長野新幹線の奇妙な犯罪
西村京太郎 上野駅殺人事件
西村京太郎 京都駅殺人事件
西村京太郎 沖縄から愛をこめて
西村京太郎 十津川警部「幻覚」
西村京太郎 函館駅殺人事件
西村京太郎 内房線の猫たち〈異説里見八犬伝〉
西村京太郎 東京駅殺人事件
西村京太郎 長崎駅《ナガサキ・レディ》殺人事件
西村京太郎 十津川警部 愛と絶望の台湾新幹線
西村京太郎 西鹿児島駅殺人事件
西村京太郎 札幌駅殺人事件
西村京太郎 十津川警部 山手線の恋人

西尾維新 掟上《おきてがみ》今日子《きょうこ》の備忘録
西尾維新 掟上今日子の推薦文
西尾維新 掟上今日子の挑戦状
西尾維新 掟上今日子の遺言書
西尾維新 掟上今日子の退職願
西尾維新 掟上今日子の婚姻届
西尾維新 掟上今日子の家計簿
西尾維新 掟上今日子の旅行記
西尾維新 掟上今日子の裏表紙
西尾維新 新本格魔法少女りすか
西尾維新 新本格魔法少女りすか2
西尾維新 新本格魔法少女りすか3
西尾維新 新本格魔法少女りすか4
西尾維新 人類最強の初恋
西尾維新 人類最強の純愛
西尾維新 人類最強のときめき
西尾維新 人類最強のsweetheart
西尾維新 りぽぐら！
西尾維新 悲鳴伝

西尾維新 悲痛伝
西尾維新 悲惨伝
西尾維新 悲報伝
西尾維新 悲業伝
西尾維新 悲録伝
西尾維新 悲亡伝
西尾維新 悲衛伝
西尾維新 悲球伝
西村賢太 どうで死ぬ身の一踊り
西村賢太 夢魔去りぬ
西村賢太 藤澤清造追影
西村賢太 瓦礫の死角
西川善文 ザ・ラストバンカー〈西川善文回顧録〉
西川 司 向日葵《ひまわり》のかっちゃん
西 加奈子 舞台
丹羽宇一郎 民主化する中国〈習近平がいま本当に考えていること〉
似鳥 鶏 推理大戦
貫井徳郎 新装版 修羅の終わり(上)(下)
貫井徳郎 妖奇切断譜

額賀 澪 完パケ！
A・ネルソン 「ネルソンさん、あなたは人を殺しましたか？」
法月綸太郎 法月綸太郎の冒険
法月綸太郎 新装版 密閉教室
法月綸太郎 怪盗グリフィン、絶体絶命
法月綸太郎 怪盗グリフィン対ラトウィッジ機関
法月綸太郎 キングを探せ
法月綸太郎 名探偵傑作短篇集 法月綸太郎篇
法月綸太郎 新装版 頼子のために
法月綸太郎 誰《たそ》彼《がれ》〈新装版〉
法月綸太郎 法月綸太郎の消息
法月綸太郎 雪密室〈新装版〉
乃南アサ 不発弾
乃南アサ 地のはてから(上)(下)
乃南アサ チーム・オベリベリ(上)(下)
野沢 尚 破線のマリス
野沢 尚 深紅
野村克也・宮本慎也 師弟
乗《のり》代《しろ》雄《ゆう》介《すけ》 十《じゅう》七《しち》八《はち》より

講談社文庫 目録

葉室 麟 星火瞬く
葉室 麟 陽炎《かげろう》の門
葉室 麟 紫匂う
葉室 麟 山月庵茶会記
葉室 麟 津軽双花
長谷川 卓 嶽《がく》神《じん》〈上・白銀《しろがね》渡り〉〈下・湖底の黄金〉
長谷川 卓 嶽神伝《がくじんでん》 鬼哭《きこく》(上)(下)
長谷川 卓 嶽神列伝 逆渡《さかわた》り
長谷川 卓 嶽《がく》神《じん》伝《でん》 血路
長谷川 卓 嶽《がく》神《じん》伝《でん》 死地
長谷川 卓 嶽神伝 風花(上)(下)
原田マハ 夏を喪くす
原田マハ 風のマジム
原田マハ あなたは、誰かの大切な人
畑野智美 海の見える街
畑野智美 南部芸能事務所 season5 コンビ
早見和真 東京ドーン
はあちゅう 半径5メートルの野望
はあちゅう 通りすがりのあなた

早坂 吝《やぶさか》 ○○○○○○○○殺人事件
早坂 吝 虹の歯ブラシ〈上木《かみき》らいち発散〉
早坂 吝 誰も僕を裁けない
早坂 吝 双《そう》蛇《じゃ》密室
浜口倫太郎 22年目の告白〈―私が殺人犯です―〉
浜口倫太郎 廃校先生
浜口倫太郎 AI崩壊
原田伊織 明治維新という過ち〈日本を滅ぼした吉田松陰と長州テロリスト〉
原田伊織 列強の侵略を防いだ幕臣たち〈続・明治維新という過ち〉
原田伊織 〈明治維新という過ち・完結編〉虚像の西郷隆盛 虚構の明治150年
原田伊織 三流の維新 一流の江戸〈明治は「徳川近代」の模倣に過ぎない〉
葉真中《はまなか》 顕《あき》 ブラック・ドッグ
原 雄一 宿命〈國松警察庁長官を狙撃した男・捜査完結〉
濱野京子 with you《ウィズユー》
橋爪駿輝 スクロール
パリュスあや子 隣人X
平岩弓枝 花嫁の日
平岩弓枝 はやぶさ新八御用旅(一)〈東海道五十三次〉
平岩弓枝 はやぶさ新八御用旅(二)〈中仙道六十九次〉

平岩弓枝 はやぶさ新八御用旅(三)〈日光例幣使道の殺人〉
平岩弓枝 はやぶさ新八御用旅(四)〈北前船の事件〉
平岩弓枝 はやぶさ新八御用旅(五)〈諏訪の妖狐〉
平岩弓枝 はやぶさ新八御用旅(六)〈紅花染め秘帳〉
平岩弓枝 新装版 はやぶさ新八御用帳(一)〈大奥の恋人〉
平岩弓枝 新装版 はやぶさ新八御用帳(二)〈江戸の海賊〉
平岩弓枝 新装版 はやぶさ新八御用帳(三)〈又右衛門の女房〉
平岩弓枝 新装版 はやぶさ新八御用帳(四)〈鬼勘の娘〉
平岩弓枝 新装版 はやぶさ新八御用帳(五)〈御守殿おたき〉
平岩弓枝 新装版 はやぶさ新八御用帳(六)〈春月の雛〉
平岩弓枝 新装版 はやぶさ新八御用帳(七)〈寒椿の寺〉
平岩弓枝 新装版 はやぶさ新八御用帳(八)〈春怨 根津権現〉
平岩弓枝 新装版 はやぶさ新八御用帳(九)〈王子稲荷の女〉
平岩弓枝 新装版 はやぶさ新八御用帳(十)〈幽霊屋敷の女〉
東野圭吾 放課後
東野圭吾 卒業
東野圭吾 学生街の殺人
東野圭吾 魔球
東野圭吾 十字屋敷のピエロ

講談社文庫　目録

東野圭吾　眠りの森
東野圭吾　宿命
東野圭吾　変身
東野圭吾　天使の耳
東野圭吾　ある閉ざされた雪の山荘で
東野圭吾　同級生
東野圭吾　名探偵の呪縛
東野圭吾　むかし僕が死んだ家
東野圭吾　虹を操る少年
東野圭吾　パラレルワールド・ラブストーリー
東野圭吾　天空の蜂
東野圭吾　名探偵の掟
東野圭吾　悪意
東野圭吾　嘘をもうひとつだけ
東野圭吾　赤い指
東野圭吾　流星の絆
東野圭吾　新装版 浪花少年探偵団
東野圭吾　新装版 しのぶセンセにサヨナラ
東野圭吾　新参者
東野圭吾　麒麟の翼
東野圭吾　パラドックス13
東野圭吾　祈りの幕が下りる時
東野圭吾　危険なビーナス
東野圭吾　時《トキ》生《オ》〈新装版〉
東野圭吾　希望の糸
東野圭吾　どちらかが彼女を殺した〈新装版〉
東野圭吾　私が彼を殺した〈新装版〉
東野圭吾　仮面山荘殺人事件〈新装版〉
東野圭吾作家生活25周年祭り実行委員会　東野圭吾公式ガイド〈読者1万人が選んだ東野作品人気ランキング発表〉
東野圭吾作家生活35周年実行委員会 編　東野圭吾公式ガイド〈作家生活35周年ver.〉
平野啓一郎　高瀬川
平野啓一郎　ドーン
平野啓一郎　空白を満たしなさい(上)(下)
百田尚樹　永遠の0《ゼロ》
百田尚樹　輝く夜
百田尚樹　風の中のマリア
百田尚樹　影法師
百田尚樹　ボックス！(上)(下)
百田尚樹　海賊とよばれた男(上)(下)
平田オリザ　幕が上がる
東　直子　さようなら窓
蛭田亜紗子　凜
樋口卓治　ボクの妻と結婚してください。
樋口卓治　続・ボクの妻と結婚してください。
樋口卓治　喋る男
平山夢明　〈大江戸怪談どたんばたん(土壇場譚)〉魂《たま》豆《どう》腐《ふ》
平山夢明 宇佐美まこと ほか　超怖い物件
東川篤哉　純喫茶「一服堂」の四季
東川篤哉　居酒屋「一服亭」の四季
東山彰良　流《りゅう》
東山彰良　女の子のことばかり考えていたら、1年が経っていた。
平田研也　小さな恋のうた
日野　草　ウェディング・マン
平岡陽明　僕が死ぬまでにしたいこと
平岡陽明　素数とバレーボール
ビートたけし　浅草キッド
ひろさちや　すらすら読める歎異抄《たんにしょう》

2024年9月13日現在